Jens Albrecht

Abschied auf Suomenlinna

© 2016 Jens Albrecht
Cover, Foto: Jenni Kreinberg, Verónica H. Martínez
Covergestaltung: Bianca Nandzik, Stefan Nandzik
Fotos (Innenteil): Pia Ojala
Lektorat, Korrektorat: Verena Albrecht
Textsatz/ Formatierung: Markus Degen
Verlag: tredition GmbH, Hamburg

ISBN
Paperback   978-3-7345-3586-4
e-Book   978-3-7345-3587-1

Printed in Germany

Luku 1
Kompakt Gepackt

Das erste T-Shirt vierteln, es dann schön säuberlich in der Aussparung zwischen den Gelenken der Ausziehstangen des blauen Plastikkoffers verstauen. Dann das nächste darüber legen. Dann die gegenüberliegende Seite mit Socken ausfüllen. So passt mehr rein.

Wie viele T-Shirts braucht man für 1,5 Wochen? Abends Ausgehen — ein Hemd, Discohose, Nachmittags — Poloshirt, Schwimmen — Badehose, ein Pullover, Regenjacke, Kulturbeutel, Schlappen, Handyladekabel. Und jetzt zudrücken. Klappt nicht. Vielleicht mit 'auf den Deckel draufstehen'? Die Matratze des Betts, auf dem der kleine Koffer stand, gab nach, der Koffer rutschte seitlich herunter und die Hälfte der millimetergenau gestapelten Kleidungsstücke flog auf den Parkettboden. Das Metallnamensschild des Koffers schlug eine Delle in das Holz und verbog sich dabei.

'Jacob Zimmermann Alte Posthalde 5'.

„Was war denn das für ein Krach da oben?", rief meine Mutter von unten.

„Der Koffer ist explodiert", erwiderte ich.

„Wer ist lädiert?", fragte sie wieder.

„Der Koffer ist explodiert", rief ich jetzt deutlich gereizt von meinen Dachbodenzimmer zurück.

„Ja, ist der jetzt kaputt? Wie hast du denn das geschafft? Kannst du mit deinen 18 Jahren noch nicht alleine packen?"

„Es ist schon alles gepackt, ich bräuchte halt nur mal einen größeren Koffer", schrie ich jetzt schon sehr laut zurück. Treppenschritte. Meine Mutter stand vor mir und begutachtete den Koffer.

„Hast du auch ein paar warme Sachen eingepackt?", fragte sie.

„Und warum müsst ihr denn auf einer Abschlussfahrt nach Finnland fahren?", wollte sie dann noch wissen.

„Das haben wir so abgestimmt. Nelli ist halb finnisch und nachdem sie immer so viel vorgeschwärmt hatte, haben die meisten dafür abgestimmt. Oder wäre dir eine Sauforgie in Lloret del Mar lieber gewesen?"

Unten an der Haustüre wurde Sturm geklingelt. Meine Mutter schaute genervt. Sie drehte sich ruckartig um und stieß sich dabei den Kopf an dem niedrigen Dachbalken, der quer durchs Zimmer verlief.

„Wer ist denn das jetzt schon wieder? Es gibt gleich Mittagessen", sagte sie, während sie sich den Kopf rieb.

„Es ist offen, der Schnapper ist drinnen", schrie ich die 2 Etagen herunter.

Laute, stampfende Schritte auf der Treppe.

Marc und Tim kamen herauf.

Keuchend oben angekommen, setzten sie sich auf mein Bett.

„Servus, Frau Zimmermann", sagte Marc. Tim nicke zeitgleich.

„Ja, grüß euch", sagte meine Mutter kurz und drehte sich Richtung Treppe, um wieder in die Küche zurückzugehen.

„Chillig, hast du es dir hier eingerichtet, seitdem du unterm Dach wohnst", stellte Marc anerkennend fest, während er die mit blauem LED Licht beleuchteten Poster an den Dachschrägen betrachtete.

Mein Zimmer war klein, aber fein. Es war alles mit hellem Holz ausgebaut worden. Über dem Bett befand sich ein kleines Fenster. Das Bett stand mittig im Zimmer und neben dem Bett stand ein kleiner Nachttisch. An der Wand gegenüber stand ein kleiner Schreibtisch, welcher hoffnungslos überladen war mit Büchern und Ordnern, mit denen ich mich versucht hatte auf das Abitur vorzubereiten. Der Fußboden war mit einem hellen Teppich ausgelegt, welcher mit Wollmäusen übersät war. Das einzige Manko des Dachzimmers war, dass es ohne Zimmertüre direkt an die Treppe mündete.

Tims Blicke schweiften im Zimmer umher.

„Und auch genügend Kondome einge-packt?", fragte er den Koffer betrachtend.

„Schnauze, dich kann jeder hören", zischte ich zurück.

„Die musst du unbedingt einpacken, es ist Abschlussfahrt", unterstrich jetzt Marc die Aussage. Tim fügte gleich hinzu:

„Und wir müssen uns zwingen, sie zu be-nutzen!"

„Essen ist fertig!", hörte man Frau Zimmer-mann von unten rufen.

„Die Kondome könnt ihr beide ja gerne zu-sammen benutzen, mit unseren prüden Wei-bern in der Klasse wird bestimmt nichts laufen. Deren Anblick ist wie natürliche Verhütung!" sagte ich zu den beiden, als ich die Treppe he-runterging.

„Wieso, Du hängst doch immer mit dieser Nelly rum", wusste Marc dazu zu sagen.

„Ruhe jetzt, ihr bleibt hier oben sitzen, ich muss schnell essen, dauert nicht lange!", sagte ich.

Nelli war ein seltsames Mädchen. Sie änderte ihr Erscheinungsbild ca. alle 2 Wo-chen. Mal hatte sie lange blonde Haare, die Haarfarbe, welche wohl aufgrund ihrer finni-schen Wurzeln ihre echte sein könnte, mal waren ihre Haare kurz und schwarz, dann mit seitlichem Undercut oder Rasterzöpfen. Ihr

Kleidungsstil schwankte zwischen 'Alternativ' und 'Schicki-Micki' hin und her. Sie fehlte manchmal ein bis zwei Tage in der Schule und kam dann mit irgendwelchen Narben oder Schürfwunden zurück, über die sie nicht sprechen wollte. Bei ihren Klassenkameradinnen hatte sie einen schlechten Ruf, da sie sich oft einfach nicht mit ihnen abgab. Mit den Jungs redete sie, wenn es ihr gerade danach war.

Durch diese Stimmungsschwankungen und die damit einhergehende Unberechenbarkeit ihrer Person waren die meisten genervt von ihr. Auch wenn man ihr aufgrund ihres hübschen Gesichts und ihres schlanken Körpers gerne hinterherschaute.

Ich selbst hatte es nie für nötig gefunden sie zu fragen, warum sie heute so tickt und morgen anders. Und vielleicht war dies der Grund, weshalb sie zu mir einen besseren Draht hatte, als zu den anderen.

Andere hingegen kommentierten gleich im Flüsterton, sobald Nelli ihrer Meinung nach etwas anders machte, als sie es gewohnt waren. Über ihre Person wurde viel gemutmaßt und getuschelt.

So auch am nächsten Morgen, als alle im Nieselregen in den Bus einstiegen, welcher uns nach Travemünde zum Hafen an die Schiffsanlegestelle fahren sollte.

Die Klasse drängte sich schnell in den Bus, als die Türen aufgingen. Das Wetter glich eher einem stürmischen Herbsttag als einem Julitag. Der Nieselregen hatte allen das Gesicht benetzt und die sommerliche Kleidung schützte nicht allzu sehr dagegen.

Monoton schabten die Scheibenwischer des Busses über die Windschutzscheibe. Ich hatte in der 2. Reihe Platz genommen. Marc setzte sich neben mich. Draußen verabschiedete sich Nellis Vater von ihr.

„Also gut, dann einen schönen Urlaub", wünschte er ihr und hielt ihr die Hand hin.

Nelli drehte sich wortlos um und stieg die Stufen des Busses hinauf. Ihr Vater zog die Hand zurück und setzte sich seinerseits in Bewegung, um den Schauplatz zu verlassen, denn er hatte schon etliche Blicke von anderen Eltern auf sich gezogen.

Nelli ging den Gang entlang und nahm dann in einer Reihe auf einem Fenstersitz Platz. Sie stecket sich sofort die Kopfhörer ins Ohr und drehte die Musik auf ihrem iphone laut auf. Ich grüßte sie flüchtig mit einem Kopfnicken, konnte aber nicht sehen, ob sie wenigstens rudimentär den Gruß erwiderte.

„Was ist denn bei der wieder los?", fragte Tim ,der hinter uns Platz genommen hatte.

„So, ich glaube jetzt sind alle vollzählig!"

Oder vermisst noch jemand seinen Schulbanknachbarn?", erkundigte sich der Klassenlehrer Uwe Martin von vorne.

'Schrab, Schrab' war von vorne der Scheibenwischer zu hören. Da kein Einspruch kam, gab der Lehrer dem Busfahrer ein Zeichen und dieser schloss die Türe und fuhr langsam an.

Es klopfte von draußen an die Scheibe. Meine Mutter gab mir mit der Hand ein Zeichen, das wohl heißen sollte:

„Ruf auch mal zuhause an".

„Jetzt geht's los!", gab Frau Gerda Hinsch von sich, Vertrauenslehrerin ihres Zeichens und uns bestens aus ihren unkoordinierten Geographiestunden bekannt. Sie fläzte sich in ihren Sitz und ihr leichtes Übergewicht drückte den Sitz nach hinten.

„Und freut ihr euch schon, Jungs?", wollte sie wissen.

„Ich mich schon", antwortete ich. Und ohne weitere Antworten abzuwarten, begann sie gleich schwärmerisch über den Verlauf der Route zu berichten.

„Wir fahren jetzt bis ganz hoch nach Travemünde und dann geht's spät abends aufs Schiff nach Finnland. Erst an Schweden vorbei, mitten in der Nacht ein Zwischenstop auf den Åland-Inseln in Maximal und dann weiter nach Helsinki, wo wir am übernächsten Tag um 9.30 Uhr ankommen werden.

Ich runzelte die Stirn und warf ein Blick auf den Flyer der finnischen Schifffahrtslinie.

Abfahrt Montag 22:00 Uhr
Ankunft Mittwoch 09.30 Uhr
stand da geschrieben.

„Puh, ganz schön lange, das hatte ich gar nicht mehr auf dem Schirm", sagte Marc, der mir einen Blick über die Schulter geworfen hatte.

Von den Mädchen schräg hinter uns war ein zischendes Geräusch zu hören, als ob jemand eine Sektflasche aufgemacht hätte.

„Busfahrtbrause!", prostete Anne und setzte die Flasche an, um einen kräftigen Schluck daraus zu nehmen. Sie wischte mit ihrer Hand über den Rand der Plastikflasche und reichte sie ihrer Sitznachbarin Helena weiter. Diese nahm einen eben so großen Schluck, verzog alsbald ihr Gesicht und stieß auf.

„Ugh! Oh Mann, die Plörre geht ja gar nicht!"

Angewidert hielt sie die Flasche mit durchgestrecktem Arm von sich.

„Was habt ihr denn da gemischt?", wollte auch ich jetzt wissen und nahm die Flasche entgegen.

Durch die ursprünglich für Mineralwasser vorgesehene Flasche schimmerte eine giftgrüne Flüssigkeit hindurch. Es kam ein Geruch daraus hervor, der einen in der Nase biss.

„Alles, was wir an Resten noch zusammen kippen konnten" , erklärte Anne.

Ich wollte gerade ansetzten, da drehte sich Frau Hinsch von dem Trubel sensibilisiert nach hinten um.

„Hey! Was ist da los?", rief sie laut und machte dabei Anstalten ihren Sitz zu verlassen. Sie stützte sich an der Rückenlehne mit ihrer Hand ab, der Sitz drückte sich unter ihrem Körpergewicht nach hinten durch, als sie aufstand.

„Uwe! Jetzt ist es schon wieder so weit!", rief sie Herrn Martin zu.

Sie kam auf mich zu und griff nach der Flasche.

„Moment, ich habe noch gar nichts probiert!", empörte ich mich und zog an der Flasche. Der Inhalt spritze dabei auf Marc's Hemd, da Frau Hinsch kräftig dagegen zog.

„Passen Sie doch auf!", rief Marc Frau Hinsch zu. Diese hatte jetzt die Flache in ihren Besitz gebracht.

„Das hier geht ja gar nicht!", polterte Herr Martin los, welcher nun unsere Sitzreihe erreicht hatte.

Der Bus machte etliche Schlenker. Frau Hinsch und Herr Martin, die im Gang standen, wurden gegeneinander geworfen.

Frau Hinsch wäre beinahe auf ihrem Hinterm gelandet, nahm jedoch mit einem krachenden Geräusch auf einer der Armlehnen Platz.

Sie hatte ein schmerzverzerrtes Gesicht. Unbeirrt von diesem Vorfall, schimpfte Herr Martin weiter:

„Also, das finde ich jetzt nicht ok, was ihr hier macht. Wir hatten das doch besprochen."

Er drehte hilfesuchend um.

„Gerda", sagte er.

„Gerda, hol doch mal den Zettel mit den Klassenregeln, den wir erstellt haben."

Der Bus fuhr in eine Kurve. Frau Hinsch verlor die Flasche endgültig aus ihrem Griff und diese fiel auf den Boden. Die klebrige, grüne Flüssigkeit ergoss sich über den Teppich.

„Das fließt ja bis nach Indien!", rief Anne und erklärte:

„Bis zum Ende des Ganges!"

Helena lachte laut und bekam sich nicht mehr ein.

Herr Marin schrie jetzt laut:

„Also, das fängt ja toll an. Wenn das so weitergeht, können wir gleich umkehren!"

„Was sagen Sie?", fragte jetzt der Busfahrer von vorne.

Herr Martin erklärte:

„Ha ja, schau sich doch einer diese Schweinerei an, der ganze Bus ist ganz schmutzig gemacht!"

Der Fahrer schaute bösen Blickes suchend in den Innenspiegel.

Frau Hinsch winkte ab.

„Ha jo, des müssen wir ihm doch jetzt während der Fahrt nicht sagen!"

Sie hielt ein Blatt Papier in der Hand.

Die schwarze Plastiklehne, auf die sie gefallen war, stand nach unten weggebogen da. Offensichtlich hatte sie einen Knacks abbekommen.

„Lies des mal einer laut für alle vor", forderte sie auf und übernahm damit wieder die Führung.

Sie hielt mir das DIN A4 Papier unter die Nase.

„Ne, ich bestimmt nicht!", äußerte ich mich entschieden.

Rebekka von schräg gegenüber erbarmte sich und nahm das Blatt entgegen.

Der Bus überholte und bremste dann plötzlich, setzte sich dann wieder hinter den nächsten LKW.

„Setzen Sie sich besser wieder, Frau Hinsch!", riet Marc und deutete auf den Fahrer.

Frau Hinsch nickte. Auch Herr Martin nahm Platz. Er setzte sich neben Nelli. Diese zuckte zusammen und rückte auf ihrem Sitz weiter zum Fenster.

Die nun leere Plastikflasche kullerte auf dem Boden im Gang herum.

„Der Fahrer ist jetzt genervt", sagte Marc zu mir.

„Verbindliche Regeln, Klassen-Abschluss-fahrt", begann Rebekka.

„1. Auf dem Schiff werden die Kabinen Geschlechter getrennt bezogen."

Ein Raunen ging durch den Bus. Nelli hatte ihre Ohrhörer nun herausgezogen und schaute irritiert in die Runde.

Rebekka fuhr fort:

„2. Zuvor vereinbarte Treffzeiten sind unbedingt einzuhalten."

„Ich habe keine Lust irgend ein Schiff oder sonst was zu verpassen, nur weil einer fehlt!", ergänzte Herr Martin.

„3. Benehmen in der Öffentlichkeit soll der Reife eines Abiturienten entsprechen."

„Langweilig", rief jemand aus der letzten Reihe.

„4. Auf den Konsum von Zigaretten, Alkohol oder sonstigen Drogen haben wir versprochen zu verzichten."

Der Bus grölte. Es wurde geklatscht.

„Da brauchen wir gar nicht weiter vorlesen, ihr seid von der Reife eines Abiturienten noch sehr weit entfernt", stellte Frau Hinsch fest.

„Ist hier jemand, der 'Hinsch' - heißt?",
fragte Marc mich und die Mädels.

„Das hat sie bestimmt noch nie zuvor
gehört!", stellte ich fest.

„Wenn jemand meint Ärger machen zu
müssen und sich nicht an Vereinbarungen
hält, dann kann er gleich mit dem nächsten
Flugzeug zurück nach Deutschland, auf
Kosten seiner Eltern versteht sich", sagte Herr
Martin und verließ seinen Platz neben Nelli.

Er stiefelte wieder nach vorne und nahm
hinter dem Busfahrer Platz.

Ich nutzte die Chance und wechselte
meinen Platz und setzte mich neben Nelli.

Ich hielt ihr eine Packung mit doppelten
Schokoladenkeksen unter die Nase.

„Da, willste einen?", fragte ich sie.

Nelli schaute so aus, als wollte sie erst
ablehnen, griff dann aber doch zu.

„War denn heute morgen alles in Ordnung?", wollte ich wissen.

„Wieso fragst du?", antwortete Nelli.

Ich betrachtete sie. Sie hatte heute trockene
Lippen, von denen sie sich gedankenverloren
Haut mit den Zähnen herunter nagte.

„Ich hatte den Eindruck, dass du..."

Ich suchte nach den richtigen Worten.

„Ich meine, wenn du nicht darüber sprechen
möchtest, dann..." Ich versuchte den Satz zu
beenden.

„Ist schon gut", sagte sie. Sie nahm meine Hand, drückte einen Ohrhörer hinein und sagte:

„Da, willste hören? Louane Emera ."

Französische Musik ertönte in meinem Ohr. Die Scheibenwischer des Busses knarrten noch immer, der Bus wippte auf der mit Schlaglöchern übersäten rechten Spur der Autobahn. Ich sank in meinem Sitz zurück, drückte meine Knie gegen den Vordersitz und während meine Wirbelsäule jetzt jeden Schlag unvorteilhaft abbekam, fielen mir die Augen zu.

Das frühe Aufstehen begann sich zu rächen.

Luku 2
Zimmer ohne Aussicht

Tim kickte immer wieder gegen den Bordstein und wirbelte dabei sehr viel Staub von dem trockenen Boden neben der Hafenmauer. Das neue Leder seiner Sneaker knickte dabei jeweils ein, fast hätte man sich einbilden können, sie altern zu sehen.

„Wann können wir endlich auf den blöden Kahn?", ätzte er herum und zeigte betont gelangweilt auf den 13 Stockwerke hohen Cruiseliner, der hinter ihm fest vertäut war.

Die Mädchen der Klasse saßen auf der Straße und zockten auf ihren Handys.

Marc kam gerade zurück von seiner Suche nach einer öffentlichen Toilette.

Herr Martin hatte sich zu einigen der Jungs gestellt und versuchte ein Gespräch über die Dimensionen des Schiffes zu beginnen:

„Ha, das ist toll, was denkt ihr, wie tief das Schiff noch unterhalb der Wasserlinie ist?"

Er schaute in die Runde. Nachdem keinerlei Reaktion kam, kratzte er sich am Kopf und und versuchte es mit:

„Ich bin einfach immer nur schlichtweg überwältigt von solch einer Ingenieurskunst. Ihr müsst Euch mal überlegen, wie viel Tonnen

Stahl da verbaut sind. Und schaut mal hoch von hier unten zur obersten....."

„Riesig, Herr Martin!", erlöste ihn Gregor und spielte weiter Karten ohne auch nur für eine Sekunde aufzublicken.

„Und hast du ein Scheißhaus gefunden?", fragte Tim Marc, welcher sich noch den Reißverschluss richtig zuzog.

„Nä, Pippi ging alles direkt ins Hafenbecken", erklärte dieser.

„Igitt! Dann hast du dir ja gar nicht die Hände gewaschen!", gab Lisa von sich und zog angewidert ihre graue Filzjacke näher an ihren Körper, als ob Marc vorgehabt hätte seine Hände daran abzustreifen.

„Was, woher sollen meine Hände denn schmutzig sein?", wollte Marc wissen und ging einen Schritt auf sie zu.

„Ist doch alles klinisch ganz sauber bei mir da unten! Da, willste mal probieren?"

„Bäh! Frau Hinsch, sagen Sie doch was!", rief Lisa.

„Du, Uwe, jetzt wird's höchste Zeit, dass wir aufs Schiff kommen! Die drehen schon hohl!"

Ich schaute mich auf dem Vorplatz des Schiffsterminals um. Besonders viele Einkaufsmöglichkeiten schien es nicht zu geben.

Der Bus hatte uns schon seit 2 Stunden hier abgesetzt und uns samt Gepäck hier sitzen lassen, da er ja das Ziel erreicht habe.

„Frau Hinsch, ich habe Durst!", meldete sich wieder Lisa.

„Uwe, jetzt müssen wir wirklich mal was machen", meldete sich Frau Hinsch.

„Die Kinder brauchen was zu trinken."

„Ja, habt ihr euch denn nichts von zuhause mitgebracht?", wollte dieser wissen.

„Doch, aber das ist von der Busfahrt leer!", beschwerte sich Lisa.

„Ihr führt euch wirklich nicht auf wie Abiturienten!", mokierte sich Herr Martin.

„Uwe!", sagte Frau Hinsch mit strengem Unterton.

„Ja, ist ja recht", sagte dieser.

„Wir müssten ja bald boarden dürfen. Aber vorher suchen wir halt in Gottesnamen noch eine kleinen Supermarkt oder Kiosk oder desgleichen."

Nelli saß etwas abseits von der Mädchengruppe und fuhr sich mit den Fingern über ein paar Kratzspuren auf ihrem rechten Oberarm.

Ob sie eine Katze hatte?

„Jacob, Jacob, hilfst du mir beim Auskundschaften einer Wasserquelle", wandte sich Herr Martin hilfesuchend an mich.

„Ja, na gut, mache ich", sagte ich schnell. „Nelli, kommst du mit?", forderte ich sie auf.

„Was ist los?" wollte sie wissen und schaute zu mir herüber.

„Wir gehen was zu trinken holen!"

Carmen zückte ihren Geldbeutel und drehte sich schnell zu Nelli.

„Oh geil und kannst du mir einen schön klaren Hugo in der Dose mitbringen? Ich geb' dir auch Geld!"

„Das hab' ich gehört!", rief Herr Martin.

Nelli war aufgestanden und klopfte sich den Staub vom Hintern. Sie setzte sich mit mir in Bewegung und Herr Martin folgte uns in unserem Windschatten.

„Könnt ihr das mit der scheiß Sauferei mal sein lassen? Was ist bloß mit Eurer Generation los?", war noch von Frau Hinsch zu hören.

„Sie sind gerade die Richtige, nachdem, was Sie neulich in Geschichte erzählt haben!", krächzte Carmen zurück.

„Wieso, was meinst du denn?"

„Na, dass man früher davon blind werden konnte und so..."

Die Stimmen wurden leiser und vom Wind verweht.

Die Straße vom Hafen weg war wenig interessant und mündete in einer Reihenhaus-Siedlung.

„Wo gehen wir denn lang?", wollte Nelli wissen.

Herr Martin lief schwer atmend hinter uns.

„Na, biegt jetzt mal links ab", gab er von sich.

Tatsächlich lag in dieser Querstrasse in einem Eckhaus eine Bäckerei mit 'Tante Emma Laden'. Sie sah dermaßen altbacken aus und das Schaufenster war so laienhaft in das Haus reingeschnitten, dass man glatt denken konnte, hier habe jemand vor einiger Zeit angefangen aus seinem Wohnzimmerfenster heraus zu verkaufen.

Ein kleines Messingglöckchen klingelte, als wir eintraten. In der Auslage der Bäckerei lagen einige wenige Brötchen, Croissants, mit Puderzucker bestäubte Marmeladentaler und Schokoküsse, wie man sie heutzutage politisch korrekt nennt. Es wurden auch Sandwiches angeboten, von denen die Salatblätter herunterhingen.

Links davon ging es eine Stufe hinab in den schlecht ausgeleuchteten Laden. Die alten weiß lackierten Metallregale waren spärlich gefüllt mit allerlei Haushaltsartikeln, Chips, Schokolade, Reis, Nudeln und Konservendosen. Am Fußboden in der Ecke standen Wasserflaschen und Cola.

Während sich Nelli an dem Regal mit Zahnpasta und Damenhygieneartikeln umschaute, hatte Herr Martin die Getränkeecke gefunden.

„Das sieht doch schon mal gut aus, da haben wir doch schon mal, was wir suchen."

„Kann ich Ihnen irgendwie behilflich sein?", fragte die ältere Verkäuferin, die jetzt hinter der Bäckereitheke hervor kam. Sie trug eine weiße Kittelschürze und hatte eine Dauerwelle.

„Ja, haben Sie auch Einwegbecher?", fragte er sie.

„Sowas haben wir neben den Drogerieartikeln, wo die junge Dame jetzt steht", erwiderte die Verkäuferin.

Nelli zuckte zusammen und ließ mit ihrer Hand gerade etwas in ihrer Hosentasche verschwinden.

„Kann man der Dame vielleicht helfen?", fragte die Verkäuferin.

„Haben Sie auch 'C K 1'?"

Herr Martin hob 2 'Six Packs' Wasserflaschen und reichte mir einen davon.

„Hier, das müsste fürs erste reichen!"

Die Verkäuferin schüttelte energisch den Kopf.

„Ne, sowas haben wir hier nicht, aber das können Sie bestimmt auf dem Schiff im Duty Free kaufen."

Herr Martin hatte sich zur Kasse bequemt und zückte sein Portemonnaie.

„Also gut, dann sind es die 12 Flachen Wasser und eine Stange Einwegbecher", sagte er zur Verkäuferin und drehte sich zu Nelli um und rief ihr zu:

„Nimmst du bitte die Becher da mit, wir Männer tragen das Wasser."

Die Verkäuferin schaute zu Nelli, tippte dann in ihre vergilbte Registrierkasse ein.

„So, 24 Euro für das Wasser und 4,95 für die Becher", sagte sie.

„Ähm, Herr Martin, das sind 2 Euro pro Flasche, da bekommen Sie beim Discounter einen ganzen Sixpack dafür", flüsterte ich Herrn Martin zu.

Herr Marin kramte in seinem Münzfach herum.

„Ja, aber siehst du hier irgendwo einen Discounter?", fragte er mich.

„Das sind dann zusammen 28,95 Euro", sagte die Verkäuferin ungeduldig und hielt die Anzeige der Kasse mit einer Hand zu.

„Die ist schon lange kaputt, Sie zahlen, was ich Ihnen sage", erläuterte sie.

Nelli war von hinten an uns herangetreten und hielt die Becher in den Fingerspitzen.

„Herr Martin, wie hoch ist mein Anteil?", wollte sie wissen.

Herr Martin hatte nun endlich den passenden Betrag aus dem Geldbeutel zusammen und legte ihn in die Plexiglasschale neben der Kasse.

„Ist schon ok Kinder, das zahle ich heute."

„Nein, ich will das aber nicht", sagte Nelli.

„Das ist schon ok, das kann man mal machen!", erwiderte Herr Martin.

„Danke, Herr Martin!", sagte Nelli.

„Ja, danke", sagte jetzt auch ich.

Herr Martin packte zusammen und schob sein Portemonnaie wieder in die Gesäßtasche seiner braunen Kordhose.

„Angebot und Nachfrage regeln den Preis", erklärte er mir.

„Kann ich bitte den Kassenbon haben?", fragte er die Verkäuferin. Diese füllte ihm wiederwillig einen Durchschlag auf einem Quittungsblock aus, riss diesen beim Abtrennen halb durch und reichte ihm diesen.

„So, dann wünsche ich noch einen schönen Tag und eine gute Seefahrt!", sagte sie.

Das Messingglöckchen bimmelte nochmal, als wir dem Laden verließen.

Herr Martin ging vornweg und da es jetzt bergab ging, kam er schneller voran.

Der Tragegriff der Wasserflaschen schnitt in meine Hand ein. Unsere Turnschuhe rutschten auf dem mit Sandverwehungen verunreinigten Asphalt.

„Was hast du denn da mitgehen lassen?", wollte ich vom Nelli wissen.

„Wie, was?", fragte sie.

„Ich hab dich doch gesehen, da in dem Geschäft!"

„Frauensache, geht dich nichts an", erwiderte sie.

Die Plastikfolie um die Flaschen riss und eine Flasche fiel auf den Boden und rollte die Straße herunter. Ich machte 2 schnelle Schritte um sie aufzuhalten. Ich bückte mich.

„So ein Müll!", sagte ich und drehte mich um und wartete bis Nelli wieder bei mir war.

„Naja, ist halt Diebstahl, du willst doch nicht wegen so 'Pille Palle' Probleme bekommen, oder?"

Nelli schaute mich nichts sagend an. Deshalb sagte ich:

„Bei den Kosten für das bisschen Wasser und der 'defekten' Registrierkasse sind die Tampons vielleicht schon eingepreist."

Unten ertönte jetzt das Horn des Schiffes. Es roch nach Diesel. Majestätisch lag der Liner in der tiefstehenden Abendsonne da.

Der Großteil war mit blauer Farbe gestrichen. Jedes Kabinenfenster war nochmals schwarz umrandet. Die Schornsteine waren grün gestrichen, ihre Ruß- verschmierten Metallrohre stachen in den Himmel und bliesen eine schwarze Suppe in die Luft. Am Kiel waren Figuren eines finnischen Kindermärchens aufgemalt. Über die Heckklappen fingen Autos und LKWs an einzufahren.

„Ja, wo bleibt ihr denn? Wir können schon lange einsteigen!", rief uns Frau Hinsch zu.

Von der Klasse war niemand mehr zu sehen. Sie schienen schon alle in das Terminalgebäude der Schifffahrtslinie gegangen zu sein.

„Ja, dann hätten wir das hier alles nicht kaufen brauchen", sagte Herr Martin verärgert, als wir unten ankamen.

„Kommt jetzt rein!", rief Frau Hinsch.

Ich trat als Erster durch die gläserne Schiebetüre. Die Terminalhalle war massiv überfüllt. Wo kamen nur all die Leute auf einmal her? So viele Autos und Menschen hatte ich gar nicht draußen gesehen. Dutzende Reisegruppen und Familien drängten sich links in 9 Drehkreuze. Immer wieder zwängten sich 2 Personen zugleich in das Drehkreuz, so dass es einen lauten Störton von sich gab und eine Bedienstete kommen musste. An dem Schalter geradeaus war auch sehr viel Andrang.

„Ja können wir da jetzt einfach so durch das Drehkreuz?", wollte Herr Martin wissen.

„Wer hat unser Gepäck mit?", fragte Nelli.

„Nein, wir müssen doch erst uns mit dem Buchungscode einchecken und uns Bordkarten aushändigen lassen. Euer Gepäck haben die Jungs mit", erklärte Frau Hinsch.

„Ja und wo ist Eure Klassenlehrerin mit der Reservierung?", war von einem der Schalter her zu hören.

Glücklicherweise hatten sich die anderen angestellt, so dass wir nicht mehr warten mussten. Soviel Eigeninitiative war eigentlich ungewöhnlich in unserer Klasse.

„Rufen Sie mal aus 'Ist hier jemand, der Hinsch-heißt'", forderte Carmen den Mann am Schalter auf.

„Nein, das werde ich nicht tun", sagte dieser und fügte hinzu:

„Aber ich würde hier wirklich gerne weiter machen."

Mit dem Ausdruck der Buchung in der erhobenen rechten Hand, ihre ausgeleierte braunen Lederhandtasche mit der linken Hand festhaltend, kämpfte sich Frau Hinsch nach vorne durch.

„Ah ja, da haben wir ja alles!", sagte der Mann und druckte einen ellenlangen Stapel an Papierkarten mit Magnetstreifen aus.

Er überreichte sie Frau Hinsch und gab ihr ihren Reservierungsausdruck zurück.

„Sie alle haben Glück, mit solch einem schönen Schiff zu verreisen!", sagte er und ergänzte: „Das Schwesterschiff hat keinen so schönen Mittelgang als Promenade zum Flanieren. Die übrigen Annehmlichkeiten erfahren Sie dann an Bord. Gehen Sie jetzt bitte einzeln mit jeweils einer Bordkarte durch die Drehkreuze hier drüben. Die Bordkarte hat einen Magnetstreifen auf der Unterseite und ist gleichzeitig Zimmerschlüssel!"

„Ja, aber wir müssen doch die Jungen-zimmer von den Mädchenzimmern tren-nen!", entgegnete Frau Hinsch entgeistert.

„Das können wir hier leider nicht machen, machen Sie das bitte an Bord aus", antwortete der Angestellte.

„Lass uns das doch gleich drinnen regeln, Gerda, wer mit wem", rief Herr Martin ihr zu.

„Wer mit wem!", kicherte Anne.

„Das schaffen Sie bestimmt, daran ist noch keiner gescheitert. Und Sie haben ja noch Zeit, bis das Schiff ablegt", beruhigte sie der Angestellte.

„Ach ja?!!", fragte Tim.

„Ja, wir legen erst um Mitternacht ab", erklärte der Mann.

„Das ist ja...", erwiderte Tim.

„Ach deshalb!", gab Herr Martin von sich. „Und ich habe mich schon gewundert, wo diese extrem lange Reisezeit herkommt!"

„Ja, genau. Also gleich hier durch die Drehkreuze. Ich wünsche einen angenehmen Aufenthalt!", sagte der Mann am Schalter.

Schwankend schleppte sich Herr Martin die rostige Gangway empor. Von seinem Rücken baumelten die Verschlüsse seines abgewetz-ten, grünen Stoffrucksacks. Ich konnte seine

Frustration über die Undankbarkeit unseres Einkaufs förmlich spüren.

Vom Wasser her roch es nach Algen und verrottetem Fisch. Einige ältere Herrschaften drängelten sich an unserer Schulklasse vorbei und hatten es sichtlich eilig, noch vor uns an Bord zu kommen. Sie führten eine Art Sackkarren mit sich, solche Taschenwägelchen auf Rädern, welche Omas gerne zum Einkaufen mit sich führen.

Jana hinter mir war plötzlich von etwas begeistert.

„Kuckt mal da!", rief sie und zeigte mit dem Finger auf ein Maskottchen mit Finnlandflagge in der Hand. Es schien ein Mann in der Puppe zu stecken, denn sie bewegte sich plötzlich, schwenkte die Fahne und rief:

„Foto, Picture, Wenn ihr ein Erinnerungsfoto wollt, dann hier auf die grüne Linie stellen!"

Eine Studentin mit einer Umhängekamera schaute uns erwartungsvoll an.

Schnell drängelten wir uns an ihr vorbei durch die große Einstiegsluke des Schiffes.

In dem großen Eingangsfoyer stand einiges an Schiffspersonal sowie ein Offizier und begrüßten die Gäste. Die Planken auf dem Boden waren glänzend poliert und alles machte einen relativ noblen Eindruck.

„Mensch, Frau Hinsch, da haben Sie ja eine Überfahrt auf dem 'Traumschiff' gebucht!'", sagte Carmen voller Respekt.

Herr Martin ging ohne zu grüßen an dem Personal vorbei und hielt an dem Treppenaufgang an, um sich auf einer Übersichtstafel einen Überblick über die Etagen des Schiffes zu machen.

„Jetzt wollen wir erstmal sehen", gab er von sich. Er kramte umständlich einen DIN A 4-Ausdruck der Buchungsbestätigung aus seiner Hosentasche, so dass er dabei versehentlich sein Taschentuch mit rauszog, welches ihm nun aus der Vordertasche hing. Er schaute irritiert abwechselnd auf die Metalltafel, sein Papier und seine Zimmerkarte.

Ein Besatzungsmitglied kam auf ihn zu.

„Mensch, Herr Martin! Das sagen Ihnen doch die Leute hier!", rief ihm Marc zu.

„May I see your keycard please? Zimmerschlüssel...", sagte die freundliche Dame.

Sie trug einen dünnen silbernen Steifen auf dem Ärmel ihrer Uniform. Die Jacke war geschlossen und an den Schulterklappen hatte sie eine Kordel angebracht, welche wohl eher dekorativen Zweck hatte. An der anderen Schulterklappe war das Mikro eines Sprechfunkgerätes eingehakt.

„F-Deck", gab sie von sich und zeigte auf einen Aufzug entgegengesetzt der großen einladenden Treppe.

„Urgh", gab Nelly von sich, die sich jetzt selbst einen Überblick auf der Tafel über die einzelnen Decks gemacht hatte.

„Das ist ja noch 2 Decks unter dem Autodeck!", stöhnte sie.

„Da ist wohl mit Fenster aufmachen nicht viel zu machen, was, Frau Hinsch!", rief Tim.

„Wusstest du davon?", wollte Frau Hinsch von Herrn Martin wissen.

„Push the very last botton in this elevator!", empfahl die Stewardess und gab Herrn Martin seine Schlüsselkarte zurück.

Unter großem Murren begaben sich die ersten in den Aufzug.

„Wir schlafen dann wohl schlechter als die Fracht", gab ich von mir, als ich noch zu der ersten Gruppe in den Aufzug sprang.

Die Türe schloss sich schabend und der Aufzug ruckelte langsam nach unten.

„Sehr vertrauenserweckend!", sagte Meike.

„Ja, also, wenn da was ist, dann nehmt ihr bitte die Treppe, gell. Also, im Notfall meine ich jetzt!", erklärte Herr Martin.

Der Fahrstuhl kam mit einem Ruck zum Stehen und die Türe öffnete sich. Es war sehr heiß und stickig hier unten. Die Wände vibrierten vom Motor des Schiffes und einige

Neonlampen an der Decke flackerten. Sie leuchteten den engen Gang aus mit seinen Metallwänden und einem fleckigen, roten Teppichboden.

Wir schoben uns alle in den Gang.

„501-515", gab Herr Martin von sich.

„Also gleich hinter der nächsten Schwelle und dann die 15 Zimmer geradeaus, das heißt..." Erneut studierte er eine Tafel an der Wand.

Wieder kam der Aufzug an. Die Türe öffnete sich und einige Mädchen kamen mit Frau Hinsch aus dem Fahrstuhl.

„Jetzt wartet halt mal, bis alle da sind!", rief Frau Hinsch Herrn Martin entgegen.

„Ja, ja", sagte dieser und studierte weiter die Wege an der Wand.

Jörg drängte sich an ihm vorbei, so dass sein grüner Rucksack von der Schulter gestreift wurde.

„Jetzt erstmal auspacken!", rief er.

„Ähm ja, jetzt verteilt Euch erstmal in die Zimmer...", sagte Herr Martin.

„Die sollen aber getrennt nach Mädchen und Jungen gehen!", warf Frau Hinsch schnell ein.

Herr Martin, jetzt endgültig von seinen organisatorischen Aufgaben überlastet, gab nur noch bruchstückhafte Anweisungen von sich.

„Es gibt 4er-Zimmer, aber auch 2er Zimmer und — äh ja— ihr schaut halt einfach."

Es öffneten sich die ersten Türen und Klassenkameraden drängelten sich hinein. Offenbar hatte man sich nicht vorher überlegt, wer der beste Freund sein sollte und mit wem man nun ein Zimmer teilen wollte.

„Ätzend!", gab ich von mir, als wir langsam vorwärts marschierten.

„Meinst Du, das bleibt immer so laut?", wollte Gerda Hinsch von Herrn Martin wissen.

„Oder wird das während der Fahrt besser?"

„Wenn die Maschinen auf Volldampf fahren, wird's bestimmt ganz super leise", sagte ich.

„Igitt!", gab Carmen von sich.

Mit einem Mal stieg uns ein Gestank von Kloake in die Nase. Der Teppich war an einer Stelle leicht nass und das Rohr an der Decke hatte neue Schellen und eine silberne Schweißnaht neben den sonst weiß lackieren Stellen.

„Ist denen hier auf der Herfahrt ein Abwasserrohr geplatzt?", fragte sich Herr Martin entsetzt selbst.

„Glückwunsch, hier sind die Mädchenzimmer!", kommentierte ich die an den Holztüren angebrachten Zimmernummern aus Messing.

„Super, nebem Klo und Schiffsschraube!", ätzte Anna.

„Also in der Hauptsaison bekommt man halt keine anderen Zimmer", entschuldigte sich Frau Hinsch alsgleich.

„Also hier bleibe ich nicht!", stellte Carmen fest.

„Hier riecht es, als wäre hier jemand, der 'Hinsch' heißt!", rief Birte den anderen zu.

„Also jetzt haltet doch mal den Rand!", zischte Herr Martin.

„Sollen wir dann in das letzte 4er-Zimmer gehen?", wollte Marc von Tim und mir wissen.

„Mit denen kann ich nicht schlafen!", sagte Nelli bestimmt und deutete auf das Zimmer, in dem Birte und Carmen verschwunden waren. Sie stellte sich mit dem Rücken an die weiße Metallwand und regte sich nicht mehr.

„Also, jetzt gibt's noch ein 4er-Zimmer und ein 2er-Zimmer und...", war von Frau Hinsch zu hören.

„Das wird nichts mehr mit der..."

„Wir könnten höchstens..."

Abwechselnd waren Wortfetzen aus dem Geflüster zwischen Frau Hinsch und Herrn Martin zu hören.

„Nein, das habe ich den Eltern versprochen, dass nicht gemischt wird!", sagte Herr Martin ganz entschieden.

„Jacob, kommst du jetzt?", wollte Tim wissen, der mit seinem Gepäckstück die Türe unseres Zimmers aufhielt.

„Ja, aber ich kann ja mal wenigstens fragen, sonst stehen wir morgen noch hier!", hörte man von Frau Hinsch.

„Jacob? Jacob?", fragte sie scharf.

„Ja, hinter Ihnen", erwiderte ich.

„Ach ja!", sagte sie.

„Jacob, du hast doch einen besonderen Draht zu Nelli", flüsterte sie nun mir zu, „und da habe ich mich gefragt..."

Sie schaute zu Nelli rüber und sprach nun so laut, dass auch sie es hören konnte:

„Was haltet ihr davon, wenn ihr das 2er-Zimmer belegt? Dann hätten alle ihre Ruhe und ihr beide seid ja relativ anständig, so wie uns scheint?!"

Ohne abzuwarten antwortete Nelli:

„Ja, ist ok.", und warf ihre Gepäckstücke in das 2er-Zimmer herein.

Marc und Tim beobachteten mich gespannt von ihrem Zimmer aus. Ich zuckte mit den Schultern und sagte:

„Na dann...", und folgte Nelli in das Zimmer.

„Alter Wutz!", konnte ich von Tim noch vernehmen, während sich die Türe schloss.

In der Kajüte war ein gelber Teppich verlegt. Es befand sich 1 Stockbett darin. Von der Decke leuchtete eine gelbe, tief eingelassene Lampe. An einem Holzschreibtischchen war gleich ein Föhn montiert und in einem Holzständer lag eine vergilbte Sicherheitsinstruktion. Die WC Türe stand offen und ich konnte sehen, dass der Duschvorhang direkt neben der Türe montiert war. Es war also eine Nasszelle im wahrsten Sinne des Wortes.

In diesem winzigen 2er-Zimmer durfte man keine Platzangst haben.

Während ich noch überlegte, wie und wo man überhaupt 2 Koffer aufmachen sollte, strich Nelli prüfend über die Laken.

„Willst du oben, oder unten schlafen", wollte sie wissen.

Mit Blick auf die steile Metallleiter zum Einhängen am oberen Bett fügte sie hinzu:

„Also ich würde lieber unten liegen."

„Ja, passt", wollte ich gerade antworten, da erschrak ich, als sich die Holztrennwand zum Nebenzimmer bewegte.

Es hatte einen Schlag getan.

„Wir können euch hören! Unten liegt die Frau!"

Mit einem kräftigen Tritt klopfte ich zurück.

„Schnauze jetzt!"

Ich schaute mich weiter um und fand eine ausklappbare Kleiderstange, an der ich meine Jacke aufhängte.

Auf dem Tisch kam aus dem Lautsprecher des beigen Telefons eine rauschende Durchsage:

„Departure in 10 minutes!"

Ich schaute Nelli an, die sich auf ihr Bett gesetzt hatte und auf ihrem Smartphone herumtippte und meinte:

„Ich geh mich mal noch kurz frischmachen, dann können wir ja vielleicht mal hoch aufs oberste Deck und beim Ablegen des Schiffs zusehen."

Ich ging in Richtung Badezimmer und schloss die am Boden abgesplitterte Holztüre.

An der Zimmertüre klopfte es. Nelli schien geöffnet zu haben.

„Wir treffen uns jetzt gleich alle an Deck!", war die Stimme von Gerda Hinsch zu hören.

„Hast du hier unten denn Empfang?", fragte sie.

„Ja, das WLAN Passwort lautet 'at sea'!", antwortete Nelli.

Ich sprühte mir etwas Deo unter die Achseln und öffnete wieder die Badezimmertüre.

Nelli hatte sich unglaublich schnell ein weißes, mit dünnen blauen Streifen versehenes Sommerkleid angezogen und meinte:

„Wir sollen uns..."

„Ja, habe ich mitbekommen...", unterbrach ich sie.

Ich kramte in meinem Rucksack und hob die Matratze an.

„So, Wertsachen unter die Matratze", sagte ich.

Mit einem Blick auf die Krümel und Fussel und sonstigen Reste darunter korrigierte ich mich:

„Oder auch nicht."

Ich warf alles zurück in meinen Rucksack, steckte nur das Handy und etwas Bargeld in die Hosentasche.

Ich öffnete die Türe.

Draußen standen Tim und Marc.

„Und schon genagelt?", wollte Tim wissen.

Ich drehte mich vorsichtig nach hinten zu Nelli um. Ich versuchte aus ihrem Gesicht zu lesen, ob sie etwas gehört hatte.

Sie streifte sich eine hellgrüne Sommerjacke über und zog die Türe der Kabine zu.

„So, fertig", sagte sie und wir gingen langsam den Gang entlang, Richtung Aufzug, nach oben.

Luku 3
...und ne Tüte Gummibärchen!

Der Lift hielt auf einer Art Hauptdeck.

„Promenade" stand auf dem obersten Knopf. Man schien nochmal umsteigen zu müssen um ganz nach oben auf das „Sundeck" kommen zu können.

Langsam drängten sie sich durch die Aufzugstüre auf das Hauptdeck. Hier war ein reges Treiben von einer zuletzt zugestiegenen chinesischen Reisegruppe, welche mit ihren Rollenkoffern offenbar desorientiert nach ihren Kabinen suchte.

Auf der „Promenade" waren rechts und links viele kleine Geschäfte und Restaurants angeordnet. Es blinkten überall bunte Lämpchen, teilweise von den Leuchtreklamen, teilweise von den in jeder Nische eingebauten Glücksspielautomaten. Von diesen einarmigen Banditen ausgehend lag ein Klingeln in der Luft.

Tim reckte den Kopf nach oben und sah sich die zirka 3 Stockwerke hohe Decke der „Promenade" an, welche mit schwarzem Samt bezogen war und mittels tausender kleiner LED-Lämpchen einen Sternenhimmel simulierte.

„Wow!", sagte Tim.

Nelli drückte mehrfach ungeduldig auf den ausgelutschten Knopf des Umsteigefahrstuhls.

Endlich kam er von oben herabgefahren und entließ eine große Anzahl an fein gekleideten Herren, die die Hände in den Hosentaschen ihrer Bundfaltenhosen trugen.

Der 2. Aufzug hatte eine gläserne Rückwand. Nelli lehnte an dem Messinggeländer, welches die Glasrückwand vor den Fahrgästen des Lifts schützte und schaute raus.

Der Lift ruckelte, fuhr 2 Zwischenetagen über die Promenade und verschwand dann in einem Schacht. Kurz bevor die Schachtmauer die Sicht versperrte, konnte man noch in einige innenliegende Suiten schauen. Diese hatten große Fenster und einige Gäste hatten die Vorhänge zugezogen.

In zweien davon konnte man Pärchen erkennen. Die einen lagen auf dem Bett, bei den anderen saß sie auf einer Bank am Fenster und er zog sich gerade um.

„Ha, ha!", deutete Marc in dessen Richtung.

„Da darf man nicht gerade nackt am Fenster stehen!", sagte er.

„Wieso nicht? Kann jeder handhaben, wie er will. Zumindest haben die es geräumiger als wir da unten", kam es von Nelli.

Es klingelte und gleichzeitig öffnete sich die Aufzugstüre, während der Lift sich noch die letzten Zentimeter emporhob.

Sonnenschein ließ die polierten Planken des Decks glänzen.

Die vier traten hinaus. Das Holz der braunen Planken gab bei jedem Fußtritt leichte Geräusche von sich.

Hannes und Mathias standen über die Reling gebeugt und riefen uns zu:

„Kommt her, wir legen ab!"

Alle rannten in ihre Richtung. Die Info, dass es etwas zu sehen gab, hatte jetzt auch Touristen der chinesischen Reisegruppe angezogen, so dass kein Platz mehr für alle war, um herunterzusehen.

Nelli ging einen Schritt zurück.

Ich beobachtete sie und fragte sie, ob sie meinen Platz haben wolle.

Sie winkte ab und meinte betont desinteressiert:

„Das kenne ich schon alles von früheren Besuchsfahrten nach Finnland, als meine Mutter noch lebte."

Unten an der Kaimauer machten die Männer die Taue los. Oben auf dem Schiff holten zwei weibliche Matrosen mit finnischen Abzeichen auf den Schultern der Uniformen die Taue ein.

Beide waren sehr zierlich, packten aber bei den schweren Tauen mit unheimlichem Geschick zu, so dass sie diese schnell zusammen hatten.

„Das machen die auch nicht zum ersten Mal", dachte ich mir.

Die großen Schiffsschornsteine bliesen jetzt sehr viel rußige Abgase heraus. Das Schiff begann zu vibrieren.

Ich schaute mir die hellblonden Haare der beiden Matrosen-Mädels an und schaute dann auf Nellis Haare.

„Alles vom selben Garn gemacht", dachte ich mir.

Nelli saß schon wieder abgesondert von den anderen auf einer Holzbank, die an der Wand der großen Schiffsschornsteine angebracht war. Sie hatte sich Kopfhörerstöpsel in die Ohren gedrückt und schien ganz weit weg zu sein.

Das Schiff bewegte sich noch immer nicht.

Mittlerweile schien die gesamte Schulklasse auf dem Sonnendeck eingetroffen zu sein.

Von der Besatzung war niemand mehr an den Leinen zu sehen. Alle Luken waren verschlossen und auch die Bodencrew war gegangen. Das Wasser, von den Schiffsschrauben verwirbelt, spritzte über die Kaimauer.

„Ja, was ist denn jetzt?" fragte Marc ungeduldig.

Langsam fing das Schiff an sich zu bewegen. Es gewann erst etwas Abstand zur

Mauer und fuhr dann Richtung Hafenbecken-Ausfahrt zum Meer.

„Ah!" und „Oh!" war zu hören, während das Schiff auslief.

Die Kameras der chinesischen Gäste klickten.

Johannes, der sich mit beiden Armen sehr weit rausgelehnt hatte, hielt seine Hand vor die Linse einer der Kameras, welche den Abstand zu seinen Gesicht nicht respektierte und sagte laut und deutlich:

„I dont wanna end on your facebook in China!"

Der Chinese schaute erst erstaunt, knipste dann aber sich räuspernd unbeeindruckt weiter.

„Da brauchst Du Dir keine Sorgen zu machen!", rief ich Johannes zu. „Solche Seiten sind in China vom Regime gesperrt."

Johannes hatte sich wieder über die Reling gehängt. Sein gelb-blau gestreiftes Poloshirt spannte an seinen Schulterblättern, als er mit den Händen auf dem Metallgeländer trommelte.

„Ich mein' ja nur! Haste mal gesehen, wie dicht der mir auf die Pelle rückt?", sagte er.

Langsam nahm das Schiff Fahrt auf.

Es schob sich hinaus, vorbei an winzig aussehenden Schiffen hinaus aufs Meer.

Der Fahrtwind fegte jetzt über das Deck.

Es wurde zunehmend frischer und trotz des Sommers war es hier im Norden halt etwas schattiger als anderswo.

Nach einiger Zeit wurde der Ausblick weniger interessant und wir begannen weiter nach vorne zu laufen um das Schiff zu erkunden.

Auf der Bugseite konnte man auf Deck 4 Whirlpools begutachten. Diese waren bereits mit Menschen gefüllt. Viele von ihnen hielten Sektgläser oder Tumbler gefüllt mit Mochito oder Caipi in ihren Händen.

Um die 4 Whirlpools waren Absperrbänder gezogen, welche an fest im Boden verankerten Stangen eingefädelt waren.

Aus Lautsprechern kam Discomusik.

Anscheinend wurde für die Pools extra Eintritt verlangt. Die Absperrbänder waren an den Aluminiumgriffen einer Eingangstüre befestigt. Dahinter konnte man Handtuchständer, Laufbänder und einige andere Fitnessgeräte erkennen.

„SPA" war auf die beschlagene Scheibe geklebt. Ein anderer Schriftzug schien sich abgelöst zu haben und man konnte nur noch die Dreckränder erkennen.

Viele der Jungs starrten auf den Pool, in welchem sich gerade eine eindeutig der Schönheits-OPs nicht abgeneigten Dame mit kaputt gebleichten Haaren hineingesetzt hatte.

„Was kostet denn sowas?", fragte Tim.

Der blasse untersetzte Freddy drehte sich um und meinte:

„17€ hatte ich in der Werbung im Fahrstuhl was gelesen."

„Wer kostet so viel?", wollte ich wissen.

„Na die... na der Pool natürlich...", gab Freddy von sich und wurde von einem hinterhältigen Schluckauf geplagt.

Die Musik von den Whirlpools her wurde mit einmal durchmischt von anderer Musik.

Es hatte eine Bar etwas mehr seitlich geöffnet, welche für alle zugänglich war. Der Barmann stellte gerade die Stützen für das Dach auf.

„VMCA" von den Village People dröhnte aus den Boxen.

„Oh, gut!", meinte Carmen und zückte sofort ihr rotes Portemonnaie.

„Erstmal was trinken."

Sie ging schnurstracks auf den Barmann zu und bestellte 2 Wodka Alkopops.

Herr Martin lief ihr hinterher und rief:

„Nicht so schnell, junge Dame!", wurde jedoch selbst eine Stunde später mit einem Birnen Cidre in der Hand gesehen. Er saß entspannt auf einer der Bänke.

Die meisten Klassenkameraden hatten sich an dem Eisentisch versammelt, an welchem Carmen Platzgenommen hatte.

Fast alle Jungs hatten sich für Bier entschieden, die Mädchen hielten transparente Plastikbecher mit irgend einer süßen Cocktail-Plörre in der Hand.

Von Freddy waren jetzt Wortfetzen zu hören wie:

„Car-Men, weil sie Autos und Männer mag!" und:

„Wisst ihr noch, wie sie letztes Jahr besoffen aus der Discotoilette kam, einen Schwangerschaftstest in der Hand haltend und tanzend schrie: 'Nicht schwanger! Nicht schwanger!' ?"

Carmen schien die Gespräche der Jungs mitbekommen zu haben und schrie zu ihnen mit knallrotem Kopf herüber:

„Oh, das stimmt doch gar nicht! Ich habe nie gerufen 'Nicht schwanger! Nicht schwanger!' Ich habe gerufen, ähm 'Leonie! Leonie!', weil ich sie gesucht habe!"

„Genauso wird's gewesen sein", dachte ich mir.

„Im Untergeschoss gibt's einen Riesen Duty Free und daneben einen Sexshop!", rief Ole aus, welcher gerade auf das Deck gekommen war.

„Echt? Wo?", fragte Freddy und einige Jungs standen mit ihm auf und verließen den Tisch.

„Jungs sind solche Schweine!", gab Carmen von sich.

Ich musste sofort an den Ausdruck mit dem Glashaus und den Steinen denken.

Über unseren Köpfen zogen jetzt Möwen ihre Kreise. Sie waren dem Schiff schon seit dem Ablegen am Hafen gefolgt. Vermutlich war es durch das Aufschäumen des Wassers für sie einfacher bei der Nahrungssuche.

Ich merkte, wie meine Haut spannte. Durch den Fahrtwind merkt man die Sonne kaum und eingekremt hat sich, glaube ich, gar niemand von uns. Während ich noch überlegte, ob ich schnell runter sollte, um das noch zu erledigen und vielleicht etwas weniger Sonnenbrand heute Abend zu haben, sah ich Frau Hinsch aufgeregt über Deck rennen.

Sie hielt ihr Handy in der Hand und fuchtelte damit in der Luft herum. Dann sah sie Herrn Martin.

Sie stoppte vor ihm und rief:

„Mensch, Uwe! Das kann doch wohl jetzt nicht dein Ernst sein!"

Herr Martin schaute erstaunt zu ihr auf.

Frau Hinsch schnalzte mit ihren Fingernägeln gegen die Glasflasche mit Cidre.

„Der Alkohol! Was, wenn das die Schüler sehen, dann fangen die auch noch an mit Saufen!", sagte sie empört.

Herr Martin schaute auf Gerda Hinschs Hand, in welcher sie immer noch ihr Handy hielt.

„Wer ist denn da dran?", wollte er wissen.

„Nellis Vater! Der möchte sie sprechen, die hat wohl ihr eigenes Handy aus!", antwortete sie.

Nelli, die schien gar nicht mehr hier oben zu sein. Meine Blicke schweiften über das Deck, über die Bank, auf der sie gesessen und Musik gehört hatte, bis zu dem äußerstem Punkt, den ich sehen konnte.

„Ja, wo ist die denn?", fragte Herr Martin.

„Zeit läuft am Telefon!", sagte ich zu Frau Hinsch.

„Der soll gleich nochmal anrufen und ich geh sie suchen!"

„Wirklich, würdest du das für mich erledigen?", fragte Frau Hinsch und gab mir ihr Handy in die Hand.

„Ja, sagte ich", und lief los Richtung Aufzug.

In den 2. Aufzug eingestiegen hörte ich etwas aus dem Telefon. Es war eine Raucherstimme. Frau Hinsch schien so klug gewesen zu sein und hatte in ihrer Hysterie vergessen aufzulegen.

„Hallo, wer ist das?", wollte die Stimme wissen.

Der Aufzug war unten angekommen und die Türe öffnete sich. Ich klemmte mir das Telefon zwischen Schulter und Ohr und sagte:

„Jacob Zimmermann, ein Klassenkamerad ihrer Tochter, ich denke, dass sie in unserem Zimmer ist, ich schaue gleich mal."

„Was?!", schrie es aus dem Telefon.

„Warum ist meine Tochter mit dir im einem Zimmer? Was für eine Schule ist das? Ich werde mich sofort beschweren! Raus aus ihrem, Zimmer! Pass mal auf, Freundchen! Ich bin ein sehr stolzer Vater, verstehst du? Mache ja keine Fehler....."

Ich nahm den Hörer vom Ohr.

Ich hatte unser Zimmer erreicht, klopfte an und führte die Schlüsselkarte in den Schlitz des Kartenlesers ein. Es kam ein elektronischer Ton und die Türe entriegelte sich.

Ich drückte die Türklinke und trat ein. Die Türe drückte mir mit einem starken Zug entgegen.

Ich sah Nelli mit angezogenen Beinen auf dem Bett sitzen. Sie hatte ihr Handy auf den Boden gelegt und hatte verheulte Augen.

Ich nahm den Hörer wieder ans Ohr.

„........ein sehr stolzer Vater, verstehst du!"
war noch zu hören.

„Also, ja, jetzt können Sie mal mit Ihrer Tochter selbst sprechen, hier, bitte sehr", sagte ich und reichte Nelli das Telefon.

„Nelli, dein Vater."

„Ich will aber nicht mit dem sprechen!", sagte sie.

Ich hielt ihr das Handy weiter hin und meinte:

„Vielleicht wäre es doch besser, wenn du kurz mit ihm reden könntest."

Nelli nahm das Handy entgegen und drückte die 'Auflegen-Taste'.

„Also gut", sagte ich und nahm das Handy zurück in Empfang. Da es schon wieder klingelte, schaltete ich es aus und steckte es ein.

Über Nellis Wangen kullerten dicke Tränen.

Ich setzte mich neben sie aufs Bett und sah an ihren Schultern verdächtige blaue Flecke und Kratzer.

Unbedacht strich ich mit dem Handrücken darüber und fragte schockiert:

„Wo kommen die denn her?"

Nelli weinte. Ich nahm sie in den Arm, drückte sie und beschloss jetzt nichts mehr zu fragen oder zu sagen.

So saßen wir eine Weile still schweigend.

Nachdem Nelli nicht mehr schluchzte und eine gefühlte halbe Ewigkeit vergangen war, ließ ich sie los, strich das Kleid über den Schultern glatt und meinte:

„Willst du dich frisch machen und nicht auch nochmal nach oben kommen?"

„Ich weiß noch nicht. Gleich...", sagte sie.

„Geh schonmal vor!"

„Wenn Dir nach Reden ist, ich bin für dich da", sagte ich und verließ langsam das Zimmer.

„Ich weiß. Danke", gab sie leise von sich.

„Merkwürdig alles", dachte ich.

Ich musste Frau Hinsch wieder ihr Handy zurückbringen.

Auf dem Weg nach oben machte ich einen Zwischenstopp auf Ebene des „Duty Free Mega Stores".

Hinter 2 Metalltüren befanden sich 2 Glasschiebetüren. Diese öffneten sich, als ich näher kam, eine rammte dabei einen Metallständer, an den vielen Souvenirs, wie Schlüsselanhänger, Magnete, Glöckchen etc. hingen.

Es gab ein lautes Scheppern.

Ich schlenderte langsam an den Regalen entlang und schaute, was das Parfum, welches ich benutzte, hier so kosten würde.

Da hörte ich Freddys Stimme und die einiger anderer.

„Genau so wird's gemacht!", sagte er.

„Du kaufst die Pornos, die Artikel und noch etwas Unverfängliches, damit es weniger peinlich wird!"

Mit dem Zeigefinger drückte er Ole zwischen dessen Schlüsselbein.

Ole stieß Freddys Finger weg und meinte:

„Hey, Griffel weg, ich habe das schon verstanden!"

„Ähm, hallo, was treibt ihr?", fragte ich.

Sie drehten sich zu mir um.

Freddy meinte:

„Na, was wohl?" und streckte seine Hand aus.

„Willste dich beteiligen? Wer zahlt, darf auch mitkucken!"

Ich schaute in Freddys schweißige Hand, dann in seine erwartungsvollen Augen und sagte:

„Also heute nicht. Ich muss der Hinsch noch das Handy zurückbringen."

„Der Hinsch? Warum hast du denn deren Handy?"

„Ich, ähm, also, das war so... Egal! Wo finde ich sie denn jetzt?"

Freddy kratzte mir mit dem Fingernagel über die Stirn und gab schrullige Laute von sich.

„Mähhhhb! Sonnenbrand!!" sagte er.

„Lass das! Wo finde ich Frau Hinsch? Ist die noch oben?"

„Eher nicht! Hast Du das nicht mitbekommen? Es ist ein Tisch reserviert für die Klasse beim Italiener auf der Promenade, da treffen wir uns in einer halben Stunde."

Er machte eine Pause, klopfte den anderen Jungs auf die Schulter und fuhr fort:

„Und deshalb müssen wir jetzt auch mal unsere Einkäufe erledigen."

Ich schaute mich noch etwas länger in den Regalen um. Als dann eine Verkäuferin auf mich zukam, um mich zu beraten, verließ ich dann doch den Duty Free durch die andere Türe.

„No, thanks, no time, maybe later!"

Direkt hinter dem Duty Free sah ich einen kleinen Laden. Er war mit einem Holzperlen-kettenvorhang abgehängt und ein Aufkleber in Form eines Stop-Zeichens mit '21+ only' klebte an der Metallwand neben der Türe.

Ich trat etwas näher. Ein Mann kam gerade mit einer neutralen, schwarzen Plastiktüte heraus. Die Perlenketten bewegten sich.

Ich konnte tatsächlich die Jungs sehen, welche gerade an der Kasse standen.

Eine ältere Frau mit Gleitsichtbrille stand hinter dem Tresen.

„Eine Schulklasse aus Deutschland, nehme ich an", sagte sie mit finnischem Akzent.

Ole legte seine Ware auf den Tisch und sagte:

„Ja, genau. Also das und eine Packung Gummibärchen!"

Die Frau nahm die Ware und legte sie statt sie zu scannen in einen Retouren Korb hinter sich. Sie schaute die Jungs streng an und sagte schließlich:

„Also eine Packung Gummibärchen!"

Ole schaute verdutzt und meinte dann mit knallrotem Kopf:

„Ja, genau."

Er bekam die Gummibärchen und 1,50 Euro Wechselgeld.

Aus dem Duty Free Store kam eine Familie mit schreiendem Kleinkind heraus. Sein Kinderwagen war als Transportmittel für mehrere aufeinander gestapelte Kartonboxen Dosenbier missbraucht worden und es musste an der Hand von Mama laufen.

Luku 4
Opas Abendgymnastik

An der langen Tafel war für uns alle eingedeckt worden. Man konnte sehen, dass hier im Schichtbetrieb gegessen wurde, denn es lagen noch Essensreste auf dem Boden. Die Tischdecke jedoch war gestärkt und strahlend weiß.

„Gibt's da irgendeine Sitzordnung, oder sollen wir uns einfach hinsetzen?", wollte Carmen wissen und setzte sich ohne die Antwort abzuwarten auf einen Platz mit Ausblick auf die Fensterseite.

„Du, Gerda, ich setze mich an das eine Kopfende, wenn du dich auf ans gegenüberliegende setzt, dann haben wir sie am besten im Blick und unter Kontrolle", sagte Herr Martin.

„Hallo! Wir können Sie hören!", beschwerte sich Carmen.

Der Rest der Klasse, der zuvor auf der Promenade warten musste, kam jetzt herein und alle nahmen Platz. Der Kellner schob einen goldnen Champagner-Kühler beiseite, damit wir besser durchkamen.

Die Plätze mit Meerblick waren schnell besetzt, so setzte ich mich mit Nelli und Tim mit Rücken ans Fenster.

Ich blickte geradeaus. Auf der Promenade liefen jetzt viele Menschen in Abendgarderobe.

„Wenigstens gibt es hier auch etwas zu kucken!"

Der Kellner zückte einen kleinen Papierblock und machte ein paar Probekringel mit seinem Kugelschreiber darauf.

„Are you ready to order?", wollte er wissen und schoss gleich ohne Pause das finnische und deutsche Pendant hinterher.

„Ja, die Getränke wissen wir bestimmt schon, oder wie sieht es aus Mädels und Jungs?", fragte Herr Martin.

„Leitungswasser", fing Nelli an.

„Cola", sagte Georg.

„Cola,.... Cola,.... Apfelsaftschorle, Bitterlemon...", kamen die Bestellungen.

„Ein kühles Helles bitte!", sagte Herr Martin.

„Du wirst doch jetzt nicht schon wieder Alkohol vor den Schülern trinken!", empörte sich Frau Hinsch vom anderen Ende der Tafel.

„Nein, nicht!", rief der Kellner aus und gab mit einer Hand fuchtelnd Zeichen in Richtung eines alten Opas, der sich an einem der Messing-Geländer, die vor den Fenstern angebracht waren, festhielt und gymnastische Übungen machte.

Der Kellner gab Zeichen an seine Kollegen und machte Anstalten um den Tisch herumzukommen.

„Was ist da los?", wollte Freddy wissen.

Der Opa hielt nun sein eines Bein in die Höhe, weshalb er fast umkippte.

Er schien mitbekommen zu haben, dass wir eine Schulklasse sind. Einen Moment versuchte er den Gesprächen zu folgen.

Dann kam er näher und rief mit finnischem Akzent:

„Ah! Aus Deutschland!"

Er schaute uns an.

„Da bin ich auch mal gewesen!"

„Ja, also das Schiff kommt daher", sagte ich.

„Aber ich komme aus Lappland!", fuhr er unbeirrt fort.

„Da ist es ruhiger als hier! Einmal als kleiner Junge, da bin ich vom Baum gefallen, aber ich konnte mich genau so abfangen."

Er warf sich auf den Boden und stützte sich mit den Händen ab, um uns das zu demonstrieren.

Einige von uns kicherten leise, andere schauten bestürzt und befremdet.

„Und einmal.....", der Mann erzählte weiter...

Am Eingang der Restaurants stand jetzt eine ältere Dame, sie wurde von einem der Kellner in unsere Richtung begleitet.

Sie blieb mit traurigem Blick stehen und sagte etwas leise auf finnisch.

„Was sagt sie?", wollte ich von Nelli wissen.

„Dass er bitte mitkommen soll und dass es ihr sehr peinlich ist."

Der Mann antwortete dieser Dame, die seine Frau zu sein schien.

„Und jetzt?", wollte ich wissen.

„Er sagte 'Einen Moment bitte!' "

Der Mann schaute uns an und sagte laut:

„In Lappland haben wir im Sommer sehr viele Moskitos, wisst ihr. Und machmal, wenn sie mich schon gestochen haben, da rufe ich ihnen zu: ..."

Er riss sich das T-Shirt ganz nach oben und schrie so laut er konnte:

„...Fresst mich doch alle auf!"

Seine Frau stand stocksteif und sichtlich erschüttert da.

Nelli sagt mit sanfter Stimme etwas langsam auf finnisch zu ihm.

Er antwortete auf finnisch und ging dann langsam zu seiner Frau und verließ mit ihr, ohne einen Blick zurück, die Bildfläche.

„Was sagtest Du?", fragte ich Nelli.

„Ich sagte 'Großvater', ..."

Nelli wurde unterbrochen, da der Kellner sich für den Vorfall entschuldigte und jetzt die Hauptspeisen abfragte.

Ich wollte eigentlich, wie immer beim Italiener, eine Pizza nehmen, entschied mich jedoch für das Risotto mit Pilzen.

Das Essen wurde mit erstaunlicher Geschwindigkeit gebracht und schmeckte dafür, dass es in einer Schiffsküche zubereitet worden war, erstaunlich italienisch.

Herr Martin nahm sein 3. Bier entgegen, nippte an dem Glas und rieb mit einem Finger genüsslich über die Aussenseite des beschlagenen Glases. Er stellte das Glas zurück auf den Tisch und sagte zufrieden:

„Das Essen heute geht zu Lasten der Klassenkasse."

Einige Klassenkameraden trommelten mit ihren Fingern Applaus auf der Tischkante.

Eine kräftige Welle klatschte gegen das Fenster und das Wasser lief nach unten ab.

„Wow, Frau Hinsch, haben Sie das gesehen?", rief Carmen aus.

„Die See wird rauher", stellte Herr Martin fest.

„Wie war Dein Risotto", fragte mich Marc.

„Hat es geschmeckt, mit all den Pilzen?"

„In Pilsen waren wir früher oft!", fing Herr Martin, der sein Bier Nummer 5 in Empfang genommen hatte, sich einzuschalten an.

„Da gibt's ne tolle Brauerei, wie ihr wisst.
Aber am Bahnhof!"

Er hob mahnend den Finger.

„Am Bahnhof, da kamen uns schon um 4 Uhr nachmittags die Nutten entgegen. Da sagten wir 'Nein, danke'. Aber wenn ihr wollt, können wir uns etwas unterhalten."

Er nippte an seinem Glas und wischte sich den Bierschaum von der Oberlippe.

„Jetzt verstehe ich auch, warum er das ganze auf Klassenkasse laufen lassen will", flüsterte Marc.

„Kommt, wie viel müsstet ihr denn euren Zuhältern abdrücken, wenn wir hier was machen? Dann geben wir euch eben ein bisschen was und dann können wir ganz unbeirrt reden", fuhr Herr Martin fort zu erzählen.

Mittlerweile hörte ihm der ganze Tisch zu.

„Dann standen wir da und haben etwas gequatscht. Und dann plötzlich greift mir die eine an die Gesäßtasche und will mir den Geldbeutel stibitzen. Da sagte ich: 'Das haben wir gar nicht gerne!' "

Herr Martin saß mit erhobenem Zeigefinger da.

Das Schiff schwankte und Frau Hinsch sagte:

„Du solltest dich was schämen!"

Sie schaute Herrn Martin angewidert an.

„Anyone for dessert?", wollte der Kellner wissen.

Freddy hielt sich den Bauch und sagte:

„Nein, danke, bei dem Geschaukel frühstücke ich gleich rückwärts!"

„Tiramisu?", versuchte der Kellner es noch einmal.

Beim nächsten Wellenschlag kippte ein leeres Glas um.

„Danke, ich glaube wir sind voll", sagte ich zu dem Kellner.

„...und da hatte ich den Traum, die Schule brennt", war Max zu hören. Er saß in der Nähe von Frau Hinsch.

„Und als die Feuerwehr dann das Lehrerzimmer aufschloss, war Herr Martin der 3. Aschehaufen von links!"

„So, ich glaube, wir wollen jetzt dann langsam gehen", sagte Frau Hinsch langsam und deutlich zum Kellner und verlangte nach der Rechnung.

Wir verließen alle das Restaurant und stellten uns auf den schwankenden Parkettboden der Promenade.

Im Restaurant blieben Frau Hinsch und Herr Martin zurück, die am Tresen die Rechnung beglichen und gleichzeitig miteinander diskutierten.

„Jetzt gibt's Zoff!", stellte Marc fest und versuchte durch die spiegelnden Fenster der Restaurants die beiden zu beobachten.

Nelli ging ein paar Meter weiter und hielt bei einem Bäckereishop. Dort kaufte sie etwas und ließ es in eine kleine Mini Pappschachtel verpacken.

Gerda Hinsch und Uwe Martin hatten das Restaurant verlassen.

„Es gibt hier noch Livemusik!", stellte Frau Hinsch fest und zeigte auf eine geschwungene Showtreppe am Ende der Promenade.

„Ich selbst werde ins Bett gehen und gebe euch zu bedenken, dass wir in Helsinki auch noch etwas anschauen wollen. Schlagt euch also nicht hier an Bord die Nächte um die Ohren!"

„Ja, ja!", jammerte Carmen.

„Und ich will auch nicht, dass jemand jetzt bei dem Wetter noch raus geht! Ich will nicht, dass jemand über Bord geht."

Sie drehte sich um und ging in Richtung der Aufzüge.

Ein großer Teil von uns setzte sich in Gang, um zu der Showbühne zu gelangen.

Der Boden der Promenade schien frisch poliert worden zu sein und alles glänzte.

Die finnische Flagge, die von der Decke hing, bewegte sich durch den Seegang.

Die Andenkenläden begannen zu schließen und ihre Ständer anzuketten.

Nelli hatte mich eingeholt. Sie hielt mir die kleine, weiße Papierbox unter die Nase, die sie gekauft hatte.

Das Licht der Promenade wurde auf Nachtbeleuchtung gedimmt.

Nelli fiel die Box herunter. Sie bückte sich und hob sie auf.

„Da, für dich!", sagte sie.

„Was ist das?"

„Ein Lebkuchenmännchen, als Dank für Deine Hilfe, als ich vorhin geweint habe", sagte sie.

Wir blieben stehen, die anderen liefen weiter.

Ich öffnete vorsichtig die Box.

Dem Lebkuchenmännchen war der Kopf abgebrochen. Nelli schaute sehr traurig aus.

Mir lief ein Schauer wie eine unbestimmte, dunkle Vorahnung über den Rücken. Irgendwie war der zerbrochene Lebkuchenmann kein gutes Omen.

Ich nahm Nelli bei der Hand und wir schlossen zur Gruppe auf.

Die geschwungene Showtreppe ging es hinauf. Dort oben standen viele Spielautomaten an den Wänden und viele Plüschsitze mit kleinen Tischchen standen in 3 Rängen um eine Showbühne herum. Auf der Bühne stand eine junge Sängerin mit einer Gitarre umgeschnallt und sang Songs von 'Guns and Roses'.

Die meisten Plätze waren besetzt von älteren Passagieren. Die jüngeren saßen Bier trinkend an den einarmigen Banditen und zockten.

Links von uns gab es eine Bar, an der in einer Schlange schon Leute mit gezückter Kreditkate warteten.

Freddy warf sich der Länge nach über ein paar der Plüschsessel und rief:

„Besetzt! Ihr holt mal die Getränke!"

Als wir an der Bar an die Reihe kamen, bestellte sich Herr Martin ein Bier und fragte:

„Und was wollt ihr?"

Ob es an der Abwesenheit von Frau Hinsch lag, weiß ich nicht, aber diesmal wurden keine Softdrinks bestellt.

„Gin Tonic, Gin Tonic und Gin Tonic", lautete die einstimmige Wahl.

Der Barmann stellte 15 Gläser mit Eis und Zitrone nebeneinander und ging mit der Sodapistole gleichmäßig über alle drüber. Dann nahm er die Ginflasche und füllte alle Gläser großzügig auf.

Er bekam einen Applaus von uns.

Als die Rechnung kam, staunte Marc nicht schlecht.

„Ein Gin, so teuer? Das sind ja Verbrecher!"

Herr Martin drehte sich zu ihm um und meinte:

„Wenn ihr schon nach Verbrechern sucht, dann sucht doch mal bei der Hinsch. Die kifft doch bestimmt immer, so wie die redet!"

Nelli schaute ihm verwundert an. Seine hängenden Tränensäcke zeigten einen angetrunkenen Mann.

Wir setzten uns zusammen auf die von Freddy reservierten Plätze und ein Teil von uns, der keinen Platz bekommen hatte, auf den Boden.

Das war gar nicht so unbequem, denn auf dem Boden war hier ein roter, extrem dicker Teppichboden verlegt.

Wir saßen da, unterhielten uns und hörten der Livemusik zu. Die Stunden vergingen, während das Schiff durch die Nacht und die vom Sturm aufgepeitschte See fuhr.

Es war kurz vor Mitternacht, es war nur noch der harte Kern von uns da, als es Tim einfiel, dass er gelesen hätte, dass es im 13. Stock eine „Captain´s Disco" gebe.

Herr Martin war an der Bar versackt und stützte sich mit schweren Armen auf den Tresen.

Eine hohe Welle klatschte mit ordentlichem Donnern gegen die Schiffseite und ließ Gischt über die Bullaugen spritzen.

Nelli saß apathisch da und reagierte auf nichts, was in ihrer Umgebung geschah. Sie hatte die Beine an sich gezogen und kauerte im Schneidersitz auf einem der Hocker.

Als ich sie schließlich fragte, was denn los sei, antwortete sie:

„Ich habe keinen Nerv mehr, ich gehe jetzt ins Bett."

„Willst du sicher nicht mehr nachkommen", fragte ich und schob noch ein „das wird bestimmt nett" hinterher.

Ich setzte mich vor ihr auf den roten Teppichboden. Sie zuckte nichtsagend mit den Schultern.

Ich schaute sie an.

„Ich bleib doch auch nicht mehr lange", versuchte ich es noch einmal.

Sie entwurstelte ihre Füße und setzte ihre Schuhsolen langsam auf dem Teppich auf.

„Nein, danke, ich gehe lieber schlafen, sonst verderbe ich euch nur den Abend mit meiner Laune", meinte sie und stand langsam auf.

Fast wäre sie mir auf die Kniescheibe getreten, sie wankte etwas. Ihre Füße schienen halb eingeschlafen zu sein.

Sie schaute nicht mehr zurück und ging langsam Richtung Ausgang.

„Also gut", sagte ich und begab mich zu den anderen, die noch übrig waren.

„Jungs, ich bin draußen!", regte sich jetzt Herr Martin von der Bar und stand auf.

Er hatte eine deutliche Fahne.

„Der teilt sich aber nicht ein Zimmer mit der Hinsch?", flüsterte Marc leise.

„Nicht, dass ich wüsste", sagte ich.

Herr Martin verschwand auf der Treppe nach unten.

„Jungs!", äffte Carmen Herrn Martin nach.

„Hier sind vielleicht noch ein paar Mädchen, das hat der gar nicht bemerkt! Penner!", ärgerte sie sich.

Langsam gingen wir die Treppe Richtung Promenade herunter. Dieses Hauptdeck des Schiffes war jetzt fast menschenleer, nur noch ein paar Sicherheitsleute liefen herum, um aufzupassen. Es leuchtete nur noch eine Art Notbeleuchtung.

Wir gingen zu den Aufzügen.

„Es fährt nur der schmale Aufzug ganz in der Ecke bis in den 13. Stock", wusste Tim.

Er zeigte auf einen kleinen Lift, dessen Kabine winzig schien und wie ein 1/4 Kreis geschnitten war. Nur so passte er wohl noch hier in das Schiff hinein.

„Da passen wir unmöglich alle gleichzeitig rein!", sagte ich.

„Und ob!", erwiderte Carmen und versetzte uns einen Schubser und quetschte sich als Letzte dazu.

Die Türe schloss sich nach ein paar Versuchen und der Lift fuhr an.

Also oben die Türe aufging, wurden wir von den bösen Blicken eines Türstehers empfangen. Er sagte etwas laut auf finnisch, was wir nicht verstanden, als wir den überfüllten Lift verließen.

Wir standen bereits mitten in der 'Captain´s Disco'. Das Licht war gedimmt, Fenster und Dach waren eine einzige Glaskonstruktion mit fast Rundumblick. Die einzigen fensterlosen Flächen waren hinter uns der Teil mit dem Fahrstuhl, sowie der Bereich der Bar und ein Toiletteneingang.

Der DJ stand mit seinem silbernen Pult vor einem der Fenster. Vor jedem Fenster waren kleine Bänkchen befestigt, an denen kleine Cocktailtischchen angebracht waren. Auf ihnen standen blau leuchtende LED-Kerzen.

Auf der Tanzfläche in der Mitte war der Teufel los und an der Bar stand eine lange Schlange Menschen an. Die Barkeeperin und der Barkeeper rissen an den Zapfhähnen und klackerten mit den Flaschenöffnern. Ständig wurde das Kreditkartenlesegerät über die Theke gereicht.

Von oben schien neben der Discokugel der Mond hinein.

Ich beobachtete alles einen Moment und entschied mich dann, einen Apple Cidre an der Bar anzustellen.

Es dauerte eine ganze Weile, bis ich endlich an der Reihe war. Ein vor mir stehender Kerl aus Estland sprach mich immer wieder an und wollte irgendwas, was ich nicht verstand.

Zuerst sprach er estnisch, dann versuchte er es auf finnisch und schließlich auf schwedisch. Ich schaute immer wieder auf die Tanzfläche zu Marc und Tim herüber, die in der Mitte herumzappelten. Carmen fiel immer wieder ihre Handtasche herunter, bis sie diese schließlich in die Ecke pfefferte.

Als ich meine Flasche mit dem Cidre bekam, legte ich schnell das Geld auf die Theke, ließ den Rest als Trinkgeld da und bahnte mir den Weg zu Marc und Tim.

Das Schiff schwankte und das Publikum auf der Tanzfläche fiel teilweise übereinander.

Zwei sehr hübsche, blonde Finninnen stolperten Marc in die Seite, von diesem Impuls wankte er zurück und traf andere. Das eine Mädchen war gefallen und zog sich jetzt an Marcs Hemd hoch.

„Hey!", rief Marc erfreut.

Der Bass hallte und pochte in meinen Ohren. Draußen war es stockdunkel. Das Schiff war auf offener See und bahnte sich seinen Weg durch die Nacht.

Auf der anderen Seite des Schiffes konnte man unter einem rot blinkenden Positionslicht das kreisende Radar des Schiffes erkennen.

Eine interessante Art zu reisen, dachte ich mir.

Carmen hatte anscheinend jemanden kennengelernt. Weiter weg konnte ich Freddy erkennen, der sich zum Affen machte. Der Junge aus Estland, der versucht hatte, mit mir zu sprechen, saß nahe der Bar eingeschlafen auf einer Bank. Unter seine Füßen rollte eine leere Bierflasche unter den Bewegungen des Schiffes hin und her.

Die Lieder, die gespielt wurden, wechselten, aber ich hörte nur noch eine Bassline.

Es stand ein Mädchen vor mir. Sie schaute mich an und das wohl schon eine ganze Weile.

„Hey, hier will jemand was von dir!", stupste mich Tim an.

Ich schaute zu ihr hinüber, sie lächelte.

In diesem Moment schwankte das Schiff extrem nach links. Sie hielt meinen Arm fest und wir wankten mit allen auf der Tanzfläche mit.

„Oh!", stieß sie aus.

Der glatte, vernietete Metallboden war rutschig. Ich hatte noch versucht meine leere Flasche Cider abzustellen, aber sie war mir bei dem Stoß aus der Hand gefallen und irgendwo hingerollt. Als sich das Schaukeln wieder normalisiert hatte, ließ sie meinen Arm los und strahlte mich an.

Ich hatte einen Druck auf den Ohren, mir war es übel. Ich weiß nicht, ob es von der unruhigen See war, oder ob die Getränke an der Bar der Showbühne und der Mix mit dem Cider von hier oben, das Abendessen oder eine Kombination aus allem meinem Magen so zusetzten, jedenfalls sagte ich kurz zu Tim:

„Ich muss mal austreten."

Dann ging ich raschen Schrittes in Richtung der Toiletten.

„Du kannst sie hier doch jetzt nicht einfach stehenlassen ...", hörte ich Marc noch rufen.

„Jörg Zimmermann, du Depp du!", sagte ich noch zu mir selbst, während ich mir kaltes Wasser ins Gesicht spritzte.

Es ging mir minimal besser, als ich die Toilette verließ. Ich beschloss jedoch, nicht wieder auf die Tanzfläche zurückzukehren, sondern drehte mich Richtung Aufzug. Ich drückte den Knopf.

Als ich mich nochmal umdrehte, konnte ich sehen, dass das Mädchen bereits wieder mit einem anderen tanzte.

„Da hast du nicht viel verpasst, oder vielleicht doch", dachte ich mir.

Auf dem 'Promenaden-Deck' musste ich umsteigen in den Aufzug, der mich in unsere Etage weit unter all den luxuriösen Decks brachte.

Als die Türe aufging, roch ich sofort wieder diesen unangenehmen Geruch, der uns beim Bezug der Zimmer aufgefallen war.

„Da bleibt man am besten immer oben an Deck, solange man nicht zu müde ist", dachte ich mir.

Das Schwanken des Schiffes war hier unten bei der schlechten Luft auch wesentlich unangenehmer. Fenster zum Rausschauen waren so tief unten natürlich Fehlanzeige.

Ich kniff die Augen zusammen, das flackernde Neonlicht irritierte mich. Vor unserem Zimmer angekommen, kramte ich in meiner vorderen Jeanstasche und fand schließlich die Zimmerkarte.

Ich steckte sie ein. Ein elektronisches Geräusch erklang und 'Gott sei Dank' ein kleines, grünes Licht leuchtete und der Türöffner summte.

Ich versuchte leise zu sein, um Nelli nicht zu wecken.

Luku 5

Isoliert und ohne Zeitgefühl

Nelli hatte an meinem Bett das Nachtlicht angemacht. Sie selbst schien zu schlafen.

Ich ging in die Badezimmerkabine, weil ich mir wenigstens noch schnell die Zähne putzen wollte.

Als ich versuchte in mein Bett zu klettern, wachte Nelli auf. Ihr Gesicht lag halb im Schatten, ich konnte jedoch sehen, dass sich auf ihrem Wangenknochen eine Schwellung abzeichnete.

„Was ist denn dir passiert?", wollte ich wissen und kam ihr näher. Das Schiff schwankte und fast wäre ich mit voller Wucht gegen die Wand geflogen.

Nelli drehte ihr Gesicht weg. Nach einer Weile sagte sie:

„Da bin ich halt vorhin wegen so was, fast wie du jetzt, gegen das Gestänge geflogen."

Ich schaute sie eine Weile an und fragte dann:

„Den Herrn Martin, hast du den vorher noch gesehen? Der ist fast direkt nach dir gegangen."

Es entstand eine lange Pause.

Ich beschloss diese Pause auszuhalten, damit Nelli mich nicht wieder die Frage anders stellen ließ, um dann auch noch das Thema zu wechseln.

„Nein!", antwortete sie schließlich mit bösem Unterton in der Stimme.

Ich fuhr mir mit den Fingern durch die Haare.

„Ich weiß nicht, hätte ja sein können, dass ihr den selben Fahrstuhl genommen habt. Der Knilch war ganz schön blau!", sagte ich.

Da jetzt gar keine Reaktion mehr kam und ich von Nelli auch kannte, dass sie sich zu einem Thema auch einfach mal gar nicht mehr äußert, krabbelte ich in mein Bett.

Ich löschte das Licht. Über uns kam immer wieder ein donnerndes Tosen, welches in einem, lauten Platsch endete.

„Was zum Teufel ist das?", fragte ich.

„Das sind die Abwasserrohre, die kommen von oben", erklärte Nelli.

„Toll, jetzt knallen uns dauernd die Toilettenspülungen der 1. und 2. Klasse auf den Kopf?!"

Ich drehte mich um. Es war heiß und stickig. Das Schiff schaukelte.

Schon wieder donnerte es von oben herab.

Jetzt ging die Badezimmertüre. Nelli war wohl aufgestanden. Jetzt hörte ich sie sich übergeben.

Ich stand doch wieder auf und machte das Licht an.

Im schummrigen Licht der über die Jahre vergilbten Deckenlampe des Badezimmers sah ich sie über die Toilette gebeugt. Der mintgrüne Klodeckel war nach oben geklappt und sie hing mit beiden Unterarmen auf der Plastikschüssel.

Das Schiff schwankte jetzt massiv.

„Geht es?", fragte ich vorsichtig.

Ich wurde vom Wellengang gegen die Wand geworfen.

Wieder donnerte es im Abwasserrohr über uns.

„Verdammt!", dachte ich, während ich mir Nelli ansah. Ob es ihr von den Cocktails oder von der rauen See, dem Stress mit zuhause oder einer Kombination aus allem schlecht war, wusste ich nicht.

Ich hielt mich an der Handtuchstange fest.

Nelli sah blass aus. Ich konnte unter ihrem linken Auge Veilchen erkennen.

„Was ist das?", fragte ich sie.

„Was ist was?", antwortete sie mürrisch.

„Na, die Stelle unter deinem Auge!"

Pause.

„Nichts!"

Ich ging in die Knie.

„Wie 'Nichts'?"

„Ha, 'Nichts' halt!"

Durch das ganze Schwanken und den Geruch jetzt im Badezimmer wurde mir selbst ganz übel. Ich schaute mich um, wo ich mich übergeben könnte, wenn es gleich so weit wäre.

Nelli schaute mich nicht an.

Ich beschloss, mich nicht einer sinnlosen Diskussion auszusetzen, und ging zurück in die Kabine und stieg in mein Bett.

Ich versuchte alles bei mir zu behalten.

Wenig später, ich war schon fast eingeschlafen, da hörte ich die Toilettenspülung. Diesmal zur Abwechslung aus unserer Kabine. Dann den Wasserhahn, aus dem Wasser mit hohem Druck kam.

Dann hörte ich Nellis Stimme nahe bei mir.

„Da bin ich vorhin auch gegen die Wand geflogen."

Ich drehte mich zu ihr um. Sie hatte nasse Haare am Pony, weil sie sich vermutlich kurz das Gesicht gewaschen hatte.

„Da bin ich wegen der Wellen gegen die Wand geflogen. So wie Du vorhin!", bekräftigte sie.

„Ach so."

Ich hatte wirklich keine Lust verscheißert zu werden. Zudem drehte sich mir der Magen.

Da ich nicht mehr mit ihr sprach, machte sie schließlich das Licht aus.

Irgendwie musste ich eingeschlafen sein.

Viel, viel später, wurde ich geweckt und hörte Lärm vom Nebenzimmer.

„So ein Mist! So eine ausgedachte Scheiße!", hörte ich Tims Stimme.

„Komm, schnell, wach auf, da ist was los!", hörte ich Nelli sagen.

Ich drehte mich langsam rum und rieb mir den Schlaf aus den Augen. Auf Deckenhöhe war ein weißer Dampf. Er schien aus den Ritzen der Sperrholzverkleidung zum Nebenzimmer zu kommen.

Ich wollte rufen:

„Feuer!", aber meine Stimme war noch zu eingerostet, als dass ich etwas vorbringen hätte können.

Statt dessen stand ich ruckartig auf und kletterte aus dem Bett.

Nelli und ich rannten zur Türe. Draußen war bereits ein Auflauf von Klassenkameraden und auch einer nicht gerade begeistert schauenden Gerda Hinsch.

Herr Martin stand ein paar Schritte hinter ihr. Als er mich und Nelli sah, wendete er seinen Blick sofort wieder von uns ab.

Man konnte im ersten Moment erkennen, dass zwischen ihm und Frau Hinsch Eiszeit herrschte. Diese sollte auch noch den ganzen Tag andauern.

Sie beachtete ihn keine Sekunde, während sie mit Tim und Marc diskutierte.

Auf dem Flur war starker Nebel. Er schien aus Marc und Tims Zimmer zu kommen. Er zog in dicken Schwaden über die Oberseite de Türe hinweg. Zu meiner Erleichterung konnte ich feststellen, dass es nicht nach Rauch roch, es also nicht brannte.

„Habt ihr mit dem Feuerzeug unter der Sprinkleranlage gespielt?", wollte ich wissen.

„Nein! Ich sagte doch, das Heiß-Wasser-Rohr ist geplatzt. Es ist auf der Wand von unserem Zimmer verlegt", sagte Tim.

„Das geht ganz schön ab, was, Frau Hinsch!", sagte Marc.

Während sich immer mehr Wasser auf den Boden von Tims und Marcs Zimmer ergoss, fing Frau Hinsch an laut zu schimpfen:

„Also ich fasse es nicht! Der eine hat Drogen dabei und frisst sie alle auf, die anderen überfluten das Schiff und der nächste kommt seinen Pflichten nicht nach!"

Ich betrachtete Frau Hinsch. Sie und Herr Martin hatten keine Schlafbekleidung an, sondern waren normal gekleidet. Ebenso ein Teil der Klasse. Der andere Teil war in Pyjamas oder ähnlichem.

Es herrschte eine komische und ange-spannte Stimmung.

Ich war verwirrt. Ich versuchte alles zu ordnen.

„Wie, war das mit den Drogen?", fragte ich Freddy, der neben mir stand.

„Mike hatte Spacecookies dabei. Da haben wir ihm erzählt, dass es in Finnland eine Zollkontrolle gibt und da hat er sie aus lauter Angst gleich alle auf einmal aufgegessen. Jetzt liegt er in seinem Zimmer ab und es geht ihm dreckig."

„Packt eure Sachen, der Schiffswart kommt gleich, ihr bekommt ein anderes Zimmer", sagte Herr Martin, der wohl mal kurz weg gewesen war.

Es zog noch immer Nebel aus dem Zimmer.

„Danke für die Buchung auf der Titanic, Frau Hinsch!", rief Freddy.

Nelli stand im Pyjama mit der Hüfte an die Wand gelehnt. Sie schaute kritisch in unser Zimmer, wo immer noch etwas Wasserdampf aus den Ritzen der Wand zum Nebenzimmer kam.

Immerhin hatten wir keinen Wassereinbruch.

Marc und Tim kamen mit ihren Sporttaschen über der Schulter aus ihrem Zimmer.

Marc stieß mich an:

„Und schon genagelt?", wollte er wissen.

„Der wird nicht besser, wenn du ihn öfter bringst", sagte ich.

Frau Hinsch musterte uns alle.

„Und wie seid ihr überhaupt angezogen?"

Sie warf einen Blick auch zu mir und Nelli.

„Habt ihr etwa den ganzen Tag verschlafen?"

„Wie jetzt?", wollte Carmen wissen, die selbst noch im Schlafanzug war.

„Na dann kuckt mal auf die Uhr!", sagte Frau Hinsch vorwurfsvoll.

Es war 20:00 Uhr.

„Ist ja ätzend", sagte Nelli und ging in unser Zimmer zurück.

Ich war verwundert über diese neue Erkenntnis.

„Vielleicht liegt es aber auch daran, dass hier unten Null Fenster sind!", schimpfte Carmen vor sich hin und fügte im Weggehen hinzu:

„Und unter der Wasserlinie schätzt sich die Zeit so schlecht."

Kurz nach Mitternacht reduzierte das Schiff seine Fahrt und nahm Kurs auf Mariehamn auf den Åhland Inseln.

Die meisten von uns waren wieder einigermaßen hergestellt. Wir hatten etwas gegessen, wenn auch nur Sandwiches.

Aus den Lautsprechern des Schiffes krächzte eine Ansage und kündigte die baldige Ankunft auf Mariehamn an. Ein paar wenige Passagiere, die gerade erst aufgestanden zu sein schienen, begaben sich zum Ausgang. Unter ihnen schienen die meisten Einheimische zu sein. Etliche LKW Fahrer begaben sich zum Aufzug Richtung Car Deck.

Marc stand neben mir und spielte an einem der Glücksspielautomaten, die sie am Ende der Promenade aufgestellt hatten.

„Los, lass uns ganz hochgehen und beim Anlegen zuschauen!", schlug Marc vor.

Das Schiff fuhr bereits in die Bucht der Inselgruppe ein.

Angetan von der Idee, packte ich Nelli, die teilnahmslos neben mir stand, am Ärmel ihrer Jacke.

„Super Idee", sagte ich und lief los.

Gezwungenermaßen folgte sie mir.

Oben angekommen, stellten wir vier uns ans Geländer und schauten zu, wie das Schiff jetzt langsam in den Anleger einlief.

Das Wasser sprudelte gegen die Kaimauer, als das Schiff seine Fahrt abbremste.

Es dämmerte schon bläulich am Himmel, oder vielleicht wird es hier im Norden auch nie 100%-ig Nacht im Sommer.

Es ging ein kühles Lüftchen.

„Puh, doch ganz schön frisch, so nachts im T-Shirt!", stellte ich fest. Ich rieb mir die Oberarme.

„Willste meine Jacke haben?", fragte Nelli.

„Abgesehen davon, dass ich da wohl nie reinpasse, danke, geht schon."

„Du brauchst sie ja auch nicht ganz anziehen, nur überhängen. Ich bin das hier gewohnt. Bei meiner Oma in Lappland war es immer ziemlich frisch", antwortete sie.

Marc schaute zu mir rüber.

„Bist du heute extrem empfindlich?", fragte er.

„Wieso denn nur heute?", fragte Nelli und fügte mit einem Blick auf mein wenig begeistertes Gesicht hinzu:

„Lasst ihn halt, wenn es ihm kalt ist."

Hektisch zeigte sie nach unten.

„Oh nein, da kann ich gar nicht hinsehen!"

Zwischen Schiff und Anleger hatte sich eine Entenmutter mit ihren Jungen verirrt. Sie waren wohl von dem Schiff überrascht worden.

Die Entenmutter schaffte es gerade, so nach links wegzuschwimmen, jedoch waren ihre Jungen zu klein und schwach, ihr so schnell zu folgen, und wurden von dem Wasser, das durch die Schiffsschrauben aufgewühlt wurde, ringsumher geworfen und immer wieder unter Wasser gedrückt. Die Mutter, welche nicht wusste, was sie machen sollte, schwamm immer wieder hin und her. Das Schiff klickte sich jetzt schon fast in den Anleger hinein. Die Enten würden es wohl nicht schaffen.

„Oh je, sind sie weg? Haben sie es geschafft?", wollte Nelli wissen.

Das Schiff wurde festgemacht und die Tore für LKW und PKW öffneten sich. Langsam fuhr eine Kolonne aus dem Bauch des Schiffes auf die geteerte Straße hinaus.

„Ja, alles ok!", log Marc.

Nelli schaute wieder nach unten.

Die Insel schien in einem Dornröschenschlaf zu sein, draußen war rein gar nichts los.

Die Landschaft war sehr flach und dünn besiedelt. Das Gras war saftig und dunkelgrün. Über der Bucht lag Nebel. Alles wirkte sehr friedlich.

„Hier kann man wohnen, wenn man mal keinen Bock mehr von all dem Stress hat", dachte ich mir.

Nachdem die Motorengeräusche der Autos sich entfernt hatten, hörte man ein Schnattern. Rechts in der Bucht schwammen 4 Entenjunge hinter ihrer Mutter her. Alle schienen sehr sehr aufgeregt. Ich wusste nicht mehr, ob es anfangs 4 oder 5 waren oder wie sie es geschafft hatten, aber irgendwie mussten sie da rausgekommen sein.

Selbst Marc schien sichtbar überrascht.

„Und, Männer, was machen wir jetzt noch bis Helsinki? Ich kann nicht schon wieder schlafen!", erklärte er.

Da es uns allen so ging, begaben wir uns runter auf das Deck der Promenade und setzten uns in ein Café, wo wir Freddy antrafen.

Über einem Schokoladencroissant und einem Kaffee sitzend, schlugen wir die Zeit tot mit wahllosen Gesprächen.

„Hat Dein Vater eigentlich noch mal angerufen?", wollte Tim von Nelli wissen.

Ich schaute böse zu ihm hinüber. Erstens, weil ich es für eine schlechte Idee hielt, dieses Thema nochmal anzusprechen, zweitens, weil ich nicht wusste, wie viel er darüber offiziell wissen durfte. Das mit dem ein wenig mehr Vertrauen, das Nelli zu mir hatte, war eine zerbrechliche Angelegenheit.

Sie schien die Tatsache, dass er davon wusste, nicht weiter zu jucken, sie antwortete nur kurz:

„Kann ich nicht wissen, mein Handy ist mir heute Nacht geklaut worden."

„Geklaut?", fragte Freddy.

„Ich kann es jedenfalls nicht wiederfinden", antwortete Nelli.

Ihr blonden Haare klebten an ihrer Schläfe.

Sie hatte ihren Geldbeutel herausgeholt, weil sie sich noch etwas zu essen kaufen wollte. Sie drehte ihn über die Ecken immer wieder über den Tisch und überlegte. Dann machte sie ihn auf und zählte das Münzgeld.

Auf der aufgeklappten Seite konnte man ein Foto aus Kindertagen mit ihrer Mutter erkennen, welches hinter einem Sichtgitter für Fahrkarten eingesteckt war.

„Ist das deine Mama?", fragte Tim langsam und zeigte auf das kleine Foto.

Nelli antwortete nicht sofort.

„Sie war es." — Pause — „Sie ist gestorben, ist schon eine ganze Weile her."

Tim schaute bedrückt.

„Da siehst du aber putzig aus!", versuchte er den Faden wieder aufzunehmen.

„Ja, damals war ich hübsch!", reagierte Nelli.

„Wieso, du bist doch immer noch hübsch!"

„Immer noch?!", empörte sich Nelli.

„Danke, dass ich noch hübsch bin!"

Sie stand ruckartig auf und ging zum Tresen, um sich noch etwas zu bestellen.

„Ich wollte doch nur....!" Tim schaute uns hilfesuchend an.

„Ich glaube, im Moment ist so ziemlich egal, was du sagst", erklärte ich Tim.

„Weiber!", schimpfte Freddy.

„Da kannste sagen, was du willst. Die picken sich irgendwas heraus und drehen es so, wie es ihnen gerade in den Kram passt.

„Weißt du was Genaueres über ihre Mutter?", wollte Marc wissen.

„Nur, dass sie aus Nord-Finnland kommt, einen Deutschen geheiratet hat und sie ein Kind bekommen haben. Nelli."

„Der Vater ist doch nicht deutsch?!", sagte Freddy.

„Das weiß ich nicht, sie lebten zumindest in Deutschland!", entgegnete ich und fuhr fort:

„Nellis Mutter war dann ein paar mal mit ihr in Finnland. Über den Sommer auch mal länger. Zuhause gibt es wohl oft Stress. Der Vater scheint ziemlich herrisch zu sein, zumindest ist das mein Eindruck, nachdem er mit mir so unfreundlich am Telefon gesprochen hat neulich.

Die Mutter ist vor ein paar Jahren irgendwie verstorben. War noch nicht alt. Wie genau, weiß ich nicht. Nelli erzählt ja kaum was. Achtung! Sie kommt wieder zurück!"

Nelli setzte sich wieder wortlos zu uns an den Tisch, würdigte keinen von uns eines Blickes und löffelte ihre Eisschokolade, die sie sich gegönnt hatte.

Luku 6
Helsinki / Helsingfors

Es war kurz vor Mittag, um 11 Uhr, da passierten wir die finnischen Schären vor Helsinki.

Der große Kreuzer fuhr sehr dicht an den kleinen Inseln vorbei. Er überragte sie dabei wie ein gefräßiges Monster man und hatte Angst, er würde gleich eine rammen.

Das Schiff lag Meter hoch über jedem kleinen Haus, wenn eines auf einer Insel vorhanden war.

Wenn man nach unten schaute, sah man Menschenansammlungen auf einigen Inseln, die dem Schiff zuwinkten. Das Schiff fuhr auf einer Wasserstraße, die von Bojen begrenzt war. Ab und zu hätte uns fast ein Wassersportler gekreuzt. Ständig ging das Schiffshorn.

Der Kapitän machte eine Ansage, in der er einige der Schären-Inseln benannte und entschuldigte sich für die verspätete Ankunft in Helsinki. Aufgrund der stürmischen See gestern Nacht hätte man nicht mit Volllast fahren können.

Es kam Frau Hinsch auf uns zu und wollte wissen, ob wir schon die Zimmer verlassen hätten und ausgecheckt hätten. Des weiteren teilte sie uns mit, dass wir uns gleich alle im Eingangsbereich treffen sollten.

Vor uns tauchte der Hafen und mit ihm der Dom von Helsinki auf. Auf finnisch auch 'helsingin tuomiokirkko' genannt. Ein weißer Bau mit grünen Dächern und goldenen Kreuzen auf dem Dach.

Der Himmel über Helsinki war strahlend blau. Die Temperaturen waren für einen Sommertag noch nicht so ideal, was die Finnen jedoch nicht daran hinderte, nur im Poloshirt und kurzer Hose herumzulaufen.

Es kam Herr Martin zu uns.

„Habt ihr schon ausgecheckt?", wollte er wissen.

„Ja, haben wir", antwortete Freddy.

„Dasselbe hat Frau Hinsch auch schon gefragt. Wir machen Abitur, wir sind keine 10 Jahre alt mehr!", empörte sich Carmen, die jetzt hinter uns stand.

„Dafür kann ich nichts, interessieret mich auch nicht. Die blöde Kuh spricht ja nicht mit mir!", gab Herr Martin von sich.

„Ganz schön krasser Umgangston…", flüsterte ich Marc zu.

„Wie dem auch sei, wir treffen uns gleich alle vor dem Casino auf der Promenade. Da ist nicht so viel los. Sagt es auch den anderen!", gab Herr Martin noch von sich und schlappte dann davon.

Carmen wusste nicht, wie sie es allen hätte recht machen sollen und so pendelte sie zwischen Wartepunkt 1, der Eingangshalle und Boardingzone und Wartepunkt 2, dem Casino hin und her.

Diese Autoritätshörigkeit passte gar nicht zu ihrem eigentlichen Charakter, aber irgendwie schien sie heute extrem hibbelig.

Tim, Marc, Nelli, Freddy und ich hatten beschlossen uns im Wartebereich 1, dem Eingang und Vorschlag von Frau Hinsch aufzuhalten, weil wir erstens Herrn Martin nicht mehr richtig ernst nehmen und wir hier schneller von Bord gehen konnten.

Nachdem sich beide Gruppen der Klasse schließlich doch am Ausgang zusammen gefunden hatten, gingen wir endlich von Bord.

Die Gangway ächzte unter dem Gewicht der vielen Menschen und ihrer Einkäufe flüssiger Art aus dem Duty Free.

Beim Verlassen des Schiffes bekamen wir noch jeder eine Visitenkarte von einem Maskottchen in die Hand gedrückt, auf der ein Barcode abgedruckt war, mit dem man die Fotos, die beim Einsteigen gemacht wurden, abrufen und online kaufen konnte.

Da von uns keiner da mitgemacht hatte, landeten viele Karten auf dem Boden, wo schon etliche andere lagen.

Endlich festen Boden unter den Füßen und den Menschenmassen entkommen, ging unsere ganze Klasse ein Stück hinunter zum Fischhafen, wo gerade ein Wochenmarkt stattfand.

Neben frischem Fisch gab es auch allerlei Gewürze und Obst zu kaufen. Ebenso alle möglichen Mitbringsel für Touristen.

„So, was ist jetzt geboten?", fragte der rothaarige Jan.

Herr Martin schaute in seine Unterlagen.

„Wir müssen noch ein kleines Boot nehmen zur Insel Suomenlinna oder schwedisch:

'Sveaborg'."

„Ätzend! Bitte nicht schon wieder Schiff fahren!", sagte Carmen.

„Ist nur ein Hüpfer, dauert keine 7 Minuten", erklärte Nelli.

„Ich kann die Tickets nirgendwo finden, bitte, Gerda, wir müssen das jetzt gemeinsam regeln!", flehte Herr Martin Frau Hinsch schon fast an.

Frau Hinsch zuckte mit den Schultern, seufzte und reichte Herrn Martin einen mit Gummiband zusammengehaltenen Stapel Einzelfahrscheine hinüber.

„Hier, Martin!"

„Danke!", sagte dieser sichtlich erleichtert.

Der Markt war dicht gedrängt von Besuchern.

„Ich brauch mal einen Baseballschläger, ich kann keine Menschen mehr sehen!"

„Carmen, Contenance!", forderte Frau Hinsch.

„Ha, ist doch wahr!", verteidigte sich diese.

„Es wird auch gerade wirklich etwas viel. Nelli, gibt es zu eurer Scheiß-Insel keinen anderen Weg?", fragte sie.

Der Großteil der Klassenkameraden hatten sich auf ihren Gepäckstücken oder direkt auf dem Boden niedergelassen. In der Luft kreisten die Möwen und stießen immer wieder auf den Markt hinab.

„Pass auf, dass dich keine ankackt!", sagte Marc zu mir.

„Es fährt diese Fähre alle 15-20 Minuten, in den Randzeiten nur alle Stunde...", beantwortete Nelli die Frage.

„Es gibt noch diesen unheimlichen, uralten Tunnel unter Wasser, aber der wird nur von der Ambulanz und dem Militär genutzt. Das Militär hat auch heute noch einen Stützpunkt auf der Insel, der vom Rest abgetrennt ist. Auf der zivilen Seite gibt es neben dem Museumsteil auch noch richtige Wohnungen. In den alten Häusern wollten viele gern wohnen. Es gibt eine lange Warteliste für die Mietwohnungen. Viele Künstler wohnen da."

Endlich war die Fähre eingetroffen und brachte uns nach Suomenlinna.

Als wir uns der Insel näherten, erkannte ich, dass wir sie bereits beim Einlaufen in dem Hafen von unserem Kreuzfahrtschiff aus gesehen hatten.

Die Festung von Suomenlinna lag mit ihren mit Gras überwachsenen, sternförmigen Mauern vor uns und machte einen netten Eindruck. Es gab eine Gebäudereihe am Anleger, die neben einer Information auch ein Restaurant und ein kleines Café beheimateten.

An den kleinen Stränden von Suomenlinna schien man schwimmen zu können.

Und da dank der Sonneneinstrahlung der Mittagssonne die Temperaturen jetzt anzogen, verspürte ich in mir die Lust aufkommen, mich so schnell wie möglich nach Bezug unserer Herberge ins Wasser zu stürzen.

Dank Nelli mussten wir nicht lange suchen. Sie führte uns direkt links an der Häuserfront vorbei zu unserer Unterkunft.

Hinter den dicken Mauern, auf der Innenseite der Festung, standen lauter Holzhäuser.

Zwischen manchen waren Wäscheleinen gespannt. Einige schienen kleine Geschäfte zu sein.

Ich spürte, dass ich jetzt wirklich müde war.

Dem Rest der Klasse schien es auch so zu gehen. Keiner sagte auch nur ein Wort. Man hörte die Grillen zirpen.

Wir standen auf dem roten Kies vor der Herberge, einige von uns hatten sich unter den Apfelbaum daneben ins Gras gelegt.

Frau Hinsch war mit den Papieren hineingegangen, um uns anzumelden.

Einige der Fenster der Herberge waren auf und es wehten die weißen Vorhänge hinaus.

Herr Martin saß abgeschlagen auf den Stufen zum Eingang. Er war nicht rasiert und sein Gesicht zeigte Zermürbtheit.

Nach einer Ewigkeit kam Frau Hinsch heraus, um uns die Zimmerkarten zu übergeben.

„Nun, wir haben ein ähnliches Problem wie auf dem Schiff...", fing sie an.

Alle lachten und schaute zu Nelli und mir.

„Und Jacob, du bist ja anständig und ihr seid schon erprobt. Und da würde ich euch nochmals bitten, euch ein Zimmer zu teilen. Wenn das für dich recht ist, Nelli?"

Carmen klatschte laut.

„Wenn das für sie recht ist und was ist mit mir?", dachte ich.

Als sich alle zum Eingang begaben, hörte man auf einmal ein lautes Geschrei von Nelli.

„Aua!", sagte sie.

Ein junger Mann hielt ihren Oberarm umklammert fest und begann mit ihr auf finnisch zu diskutieren.

Sie schrie ihn zurück auch auf Finnisch an und schlug ihm auf die Hände, um seinem Klammergriff zu entkommen.

Wir hatten nicht mal die leiseste Ahnung, um was es überhaupt ging.

Da wir schon fast am Haus waren, war die Distanz zwischen uns und Nelli recht groß.

Malte schaute Marc, mich und ein paar andere Jungs an und nickte. Dann ließen wir unsere Sachen fallen und rannten los in Richtung Nelli und ihrem Angreifer.

Dieser fluchte etwas, zeigte seine aggressive Fratze und ließ schließlich von Nelli ab.

Er trat ein paar Schritte zurück.

In diesem Moment fuhr ein Radfahrer über den teils aus Kieselsteinen, teils aus Kopfsteinpflaster befestigten Weg.

Nellis Angreifer sprang aggressiv auf diesen zu und trat im in das Hinterrad.

Dabei schrie er etwas.

Der Radfahrer stürzte, er überschlug sich über seinen Lenker und schlug sich die Knie auf dem Boden blutig.

„Hey, hey, was ist denn da los?", schrie Frau Hinsch, die von dem Krach aufgeschreckt aus der Herberge wieder herauskam.

Sie schaute uns Jungs als erste böse an.

Nellis Angreifer nahm die Beine in die Hand und gab Fersengeld. Er rannte zur Brücke, die in Richtung des 2. Teils der Insel führte.

Auch der Radfahrer, der bei seinem Überschlag auch am Kopf getroffen war, raffte sich vor lauter Schreck wieder auf und schwang sich auf sein Fahrrad und fuhr in Schlangenlinien davon.

„Sollten wir jetzt nicht irgendwo Bescheid sagen, oder anrufen?", fragte Tim.

Nelli mied jeglichen Blickkontakt mit uns und schaute auf den Boden.

Wie zu erwarten, änderte sich dies auch nicht, nachdem wir unsere Zimmer bezogen hatten und etwas Zeit verstrichen war.

Nelli lag auf ihrem Bett und stellte sich schlafend. Ihr Kopf war auf dem weiß-matt gestreiften Kissen eingesunken.

Unsere Sweatshirts hingen an den Messinghaken neben der Türe.

Durch das Fenster kam eine Sommerbrise.

Ich hielt meine blaue Badehose in der Hand und dachte daran schwimmen zu gehen.

Während ich noch überlegte, ob ich mich einfach schnell vor der sich schlafend stellenden Nelli umziehen sollte, öffnete sich schon wieder die Türe und Frau Hinsch kam herein.

Ich knöpfte den oberen Knopf meiner Jeans wieder zu.

Frau Hinsch versuchte mich noch ein weiteres Mal zu überreden, etwas aus Nelli über den Vorfall herauszubekommen.

Ich lehnte ab, da ich wusste, dass es sinnlos war. Zudem war ich ja wohl nicht ihr Babysitter.

Genervt legte auch ich die Füße hoch für ein kurzes Mittagsschläfchen.

Zuerst war das Meer an meinen Füßen sehr kalt, ich hatte mich jedoch schnell an die Temperatur gewöhnt, nachdem ich einmal mit

dem ganzen Körper drin war und am Schwimmen war.

Um auf andere Gedanken zu kommen, hatte ich beschlossen, vor dem Abendessen nochmals ins Wasser zu gehen.

Der mit Gras bewachsene Strand der Insel lag in meinem Rücken und vor mir sah ich in einiger Entfernung das Festland mit der Stadt Helsinki.

Außer mir war jetzt niemand mehr im Wasser. Es war so still, als sei ich ganz alleine hier.

Eine Hummel kreiste über meinem Kopf, drehte dann aber wieder Richtung Wiese ab, nachdem sie das Interesse an mir verloren hatte.

Der Himmel war immer noch hellblau mit einigen weißen Schäfchenwolken, die wie gemalt aussahen.

Ich genoss die Ruhe und hatte für den Moment kein Interesse, zurück in die komische Stimmung unserer Klassengemeinschaft einzutauchen.

Luku 7
Mondschein über Suomenlinna

Die Gemeinschaftsduschen waren soweit ok. Sie waren geräumig genug, jedoch waren schon viele andere vor mir da gewesen und der komplette Boden war überflutet.

Ich versuchte auf Zehenspitzen durch die Pfützen zu waten. Ich griff zum Handtuchhaken und trocknete mich ab. Die Handtücher der Herberge rochen frisch gewaschen, hatten aber Verschleißspuren und waren über die Zeit sehr dünn geworden.

Ich ließ das Handtuch auf einem hölzernen Schemel neben der Türe liegen und verließ das Badezimmer, um mir etwas mehr als nur die Boxershorts und T-Shirt anzuziehen.

Auf dem Zimmer traf ich Nelli an. Sie saß vor dem Spiegel. Sie zupfte sich an den Haaren herum und versuchte ein Haargummi einzuflechten.

Sie beobachtete mich durch den Spiegel. Ich zog mir ein Sweatshirt an und schüttelte die Jeans aus, die ich über meinen Bettpfosten gehängt hatte.

Während ich versuchte, mit meinen noch leicht feuchten Beinen die Jeans anzuziehen und dabei fast stolperte, fragte sie mich:

„Und hast du Lust auf das Abendessen drüben im Restaurant?"

„Drüben, im Restaurant?", fragte ich. Ich schaute aus dem Fenster und konnte das Schild des Restaurants erkennen, das sie meinen könnte. Die Sonne war am Untergehen.

„Was gibt's denn da so?", fragte ich.

„Alles, was man hier in Finnland halt so isst. Elch, Fisch… Erwarte keine allzu große Auswahl!"

Sie musterte mich weiter über den Spiegel.

„Sag mal…", meinte sie. „Wollen wir für heute Abend noch was zu trinken kaufen?"

Ich schaute sie an und gab ein:

„Warum nicht", von mir.

Sie hatte ihr Haargummi befestigt, stand auf und sagte:

„Los, gehen wir!"

Sie trug ein blaues Abendkleid, dazu weiße Sneaker ohne Socken und hatte einen dünnen Pullover über die Schulter geworfen.

Sie streckte mir ihren Arm entgegen, so dass ich dies als Aufforderung verstand, dass sie sich einhängen wolle.

Ich steckte lässig eine Hand in die Hosentasche und sie hängte sich in meiner Elbbeuge ein. Gemeinsam schlenderten wir hinüber Richtung Restaurant.

Dort waren schon fast alle versammelt. Man sah die neugierigen Blicke der Mädchen der Klasse, angeführt von Carmen, die, so kam es mir zumindest vor, alle auf Nelli schauten, die noch immer bei mir eingehakt war.

Ich hörte sie sich fragen:

„Sind die jetzt ein Paar?"

Wir suchten nach noch freien Plätzen. Marc und Tim winkten von der 3. Reihe uns zu und deuteten auf zwei freie Stühle neben ihnen. Die hatten sie wohl für uns noblerweise reserviert.

Ich löste Nelli von mir und zog ihr den Stuhl zurecht, damit sie sich hinsetzen konnte.

„Danke sehr!", sagte sie.

Dann nahm ich selbst Platz.

Marc fragte mich, was ich den ganzen Nachmittag unternommen hätte. Ich wollte gerade loslegen, von meinem Schwimmausflug zu erzählen, da begann Herr Martin Nelli anzusprechen:

„Mit dir, junges Fräulein, hätten wir noch zu reden." Er schaute hilfesuchenden Blickes nach Unterstützung von Frau Hinsch.

„Wir hätten da nämlich doch noch ein paar Fragen an dich!"

Der Kellner betrat den Raum, hielt eine Tafel in die Luft und begann auf finnisch zu erklären, was zum Essen zur Auswahl stünde.

Frau Hinsch nickte Nelli zu und meinte:

„Nelli, könntest du für uns bitte übersetzen?"

„Nö!", kam von Nelli, die jetzt nur noch vor
sich auf den Tisch starrte.

Carmen lachte genervt.

„Wie jetzt?", fragte sie.

Da der Kellner die Situation mitbekommen
hatte und keine Anstalten machte englisch zu
sprechen, konnte man davon ausgehen, dass
er wohl kein Englisch oder Deutsch sprach.

Auf der Tafel waren 3 Gerichte zu lesen.

Carmen versuchte nochmal Nelli anzusprechen, gab es aber unter einem entgeisterten
Stöhnen auf. Dann sagte sie schließlich:

„Ok, dann nehme ich das erste, diesen
`Hirvi´"

Die Jungs schauten entgeistert. Mangels
Wissen und Alternativen, sagte einer nach
dem anderen schließlich:

„Me too..."

Das Elchfleisch schmeckte ungewohnt. Es
wurde mit einer Soße mit frischen Preiselbee-
ren serviert.

Zum Nachtisch bekam jeder einen Vanille-
pudding. Da niemand von uns sich Getränke
bestellt hatte, mussten wir uns an die mit Leitungswasser gefüllten Krüge halten, die auf
dem Tisch standen.

Tim füllte zum 5. Mal sein kleines Glas auf
und meinte:

„Zumindest bekommen wir davon heute kein Schädelbrummen."

Carmen, die das mitgehört hatte, nahm dies auf und rief laut:

„Ja, heute keinen Rausch, oder Herr Martin!"

Herr Martin ignorierte dies und tat so, als ob er es nicht gehört hätte.

Draußen stand die Sonne schon sehr tief. Wenn man in die Gesichter der Klasse blickte, konnte man viele Augenringe erkennen.

„Gerda?", fragte Herr Martin.

Frau Hinsch stand auf, klopfte mit dem Löffelstiel an ihr Glas und sagte laut:

„Ich bitte zuhören zu wollen!" Sie räusperte sich noch einmal und fuhr dann fort:

„Wie ihr alle wisst, sind die meisten von euch auf dem Schiff nicht zu allzu viel Schlaf gekommen. Und da wir morgen und die nächsten Tage auch noch etwas an Ausflügen und Besichtigungen auf dem Festland unternehmen wollen, dachte ich mir, es ist gut euch noch einmal die Spielregeln ins Gedächtnis zu rufen. Auf diese exzessiven Trinkspielchen wird ab sofort verzichtet und die wird es auch auf der Rückfahrt nicht geben. Alkohol und Rauchen auf den Zimmern ist tabu. Wir wollen nicht wieder von Nebel aus einem der Zimmer in der Nacht geweckt werden!"

Sie schaute zu Tim und Marc und Freddy herüber.

Freddy versuchte mit den Fingern Preiselbeersoße von seinem Karoshirt zu entfernen und brummelte:

„Die kann mich mal!"

Frau Hinsch klopfte auf das Glas ihrer Uhr und sagte:

„9 Uhr ist hier heute morgen Abfahrt und nicht ´Wer da ist, ist da´, sondern das ist ein Pflichttermin. Deshalb heute mal alle früh ins Bett und nach 22 Uhr nur noch Geschlechter getrennte Zimmer!"

Carmen prustete los und zeigte mit ausgestrecktem Zeigefinger auf Nelli und mich.

„Ha, ha, vor allem!", sagte sie.

„Otze!", kam es aus Nellis Mund.

„Wie, was war das?", schaltete sich Herr Martin ein und fügte hinzu:

„Jetzt wollen wir uns alle mal wieder beruhigen!"

Nellis Blick verfinsterte sich. Sie sagte:

„Der soll seinen Pimmel abschneiden!"

„Was war das?", wollte Frau Hinsch wissen.

„Wie geil ist das denn? Die hat gesagt, er soll seinen...", fing Carmen an zu wiederholen.

„Wie alt seid ihr eigentlich? Man könnte meinen, ihr macht hier nicht die Hochschulreife!", begann Herr Martin zu schreien.

„Der hat's grad nötig!", sagte Carmen leise.

Um weiteren Diskussionen zu entgehen standen die ersten auf und verließen den Raum.

Marc und Tim sahen mich an.

Da ich keine Lust auf weitere Streitereien hatte und mir wohl oder übel mit Nelli und ihrer Laune noch das Zimmer teilen musste, nahm ich sie mit mir, indem ich mich dieses Mal bei ihr einhakte und verließ mit ihr den Raum.

Die Holztüre schlug hinter uns zu und endlich hatten wir wieder genügend frische Luft.

Carmen lief als Anführerin ihrer Mädels und stellte für sich fest:

„Also von unserer Klasse hat bestimmt keiner Interesse auf ein 10-jähriges Klassentreffen"

Marc, der hinter mir lief, rief:

„Darauf kannst du einen lassen!"

„Deal!", sagte ich.

Nelli blieb vor einem kleinen Laden stehen und fragte mich:

„Was willste jetzt noch machen?"

Ich schaute sie an und meinte:

„Ich weiß nicht, ich glaube, ich gehe jetzt ins Bett."

„Wie? Ne!! Wir wollten doch noch etwas trinken gehen!", sagte sie empört und zeigte auf den Laden, in dem noch Licht brannte.

„Da, sieh, die haben noch offen! Da holen wir uns was und setzen uns auf der anderen Seite der Insel an den Strand. Da sieht uns keine Hinsch und kein Martin."

Marc nickte mir zu und wünschte:

„Viel Spaß!" Dann entfernte er sich mit Tim in Richtung Herberge. Der Kies knirschte unter ihren Schritten.

„Also, ich weiß nicht...", fing ich an, schwenkte dann aber in ein „Ok" um, als ich Nellis Blicke sah.

Wir gingen in den Laden. Das Messingglöckchen klingelte 2 mal, als es bei unserem Eintreten die Holztüre streifte.

Wir kauften uns 2 Alkopops und ich steckte beide Flaschen in die Taschen meines Sweatshirts ein.

Dann folgte ich Nelli durch den Torbogen auf einen Weg hinter das Gebäude.

Wir gingen vorbei an Holzhäusern, über einen Platz, bis zu einer Mauer. An dieser vorbei, über eine steinerne Brücke auf einen hinteren Teil der Insel.

Nelli hatte mich an der Hand genommen und führte mich schnellen Schrittes.

„Wow, ich wusste nicht, dass die Insel so groß ist", gab ich von mir.

Am anderen Ende der Brücke führte der Weg wieder nach oben. Wir gingen um die großen Mauern herum und konnten wieder das Meer sehen. In den Mauern neben uns lagen Gewölbe, die wohl Teil der Festung gewesen sein mussten.

Nelli ging hinein, suchte nach einer sauberen Stelle auf dem Boden und sagte:

„Hier ist gut und setzte sich in ihrem Kleid mit angewinkelten Knien auf den Boden.

Ich machte ihr dies nach.

Der Boden war kalt und mit ein paar Kieselsteinen gespickt, so dass ich mich mehrfach umsetzten musste, wenn ich es länger aushalten wollte.

Durch die Bogen der Mauer schien der Mond herein. Es war dadurch nicht vollkommen dunkel, jedoch warf die Nacht in dem Gemäuer gespenstische Schatten. Draußen vor dem Gewölbe ging ein leichter Wind durch das Gras. Wenige Meter dahinter rauschte das Meer friedlich, sein Wellengang gebremst durch die Schären.

Nelli schien etwas zu frösteln, denn sie zitterte leicht. Ich zog mein Sweatshirt aus und bot es ihr an.

„Danke", sagte sie.

Ich legte es um ihre Schultern. Dabei fielen die Alkopop Flaschen heraus. Glücklicherweise ging keine zu Bruch.

„Ach ja, die haben wir auch noch", sagte ich und drehte die Flaschen gegeneinander, um die Kronenkorken zu öffnen.

Es zischte. Mit der 2. Flasche säbelte ich mir leicht in den Finger.

„Autsch", gab ich von mir und reichte Nelli ihre Flasche, während ich den verletzten Finger in den Mund nahm.

„Prost!", sagte ich.

Nelli setzte an, verzog aber gleich das Gesicht.

„Igitt!", sagte sie.

„Das hilft nichts, muss man einfach trinken, ist halt synthetische Discoplörre!", sagte ich.

Nelli setzte die Flasche nochmal an und nahm einen großen Schluck. Dabei rutschte das übergelegte Sweatshirt ein Stück von ihrem Arm und blaue Flecken wurden sichtbar.

„Wo kommen die den her?", wollte ich wissen.

„Wo kommt was…?", fing Nelli an, beendete den Satz jedoch nicht.

Ich hörte Geräusche hinter uns. Es war jedoch nicht so einfach auszumachen, was oder wo diese herkamen in diesem Gewölbe.

„Ruhig Blut!", sagt Nelli und schaute mir ins Gesicht. Ich drehte mich nochmal um.

„Hier gibt es halt auch ein paar Tiere auf der Insel." Sie schaute mich weiter an.

„Ungefährliche!"

„Ja schon gut, ich schaue halt nur, was da so ist", sagte ich.

Ich betrachtete Nelli.

„Ich weiß nicht, wie ich es genau anfangen soll, Nelli. Aber meinst du bei dir zuhause ist alles so ok?", fragte ich direkt.

Wie üblich bei solchen Gesprächen, musste ich die Fragen wiederholen, da Nelli aktiv weggehört hatte.

Sie nahm noch einen Schluck aus der Flasche und meinte:

„Da ist schon lange keine Familienbande mehr! Seitdem Mama weg ist, ist alles tot."

Sie machte eine Pause und nahm noch einen Schluck.

„Nein, eigentlich war immer schon Streit, solange ich denken kann."

Plötzlich nahm sie meine Hand in die ihre.

Sie rückte ein Stück näher und lehnte sich an mich.

Ich versuchte den Nicht-Überraschten zu spielen und stellte meine Fragen einfach weiter. Jetzt, wo sie gesprächig war, das musste ich nutzen.

„Wie ist das eigentlich so alles gekommen, mit deiner Mutter und deinem Vater, Finnland und Deutschland?", fragte ich.

Nelli antwortete erst nicht. Der Wind zog jetzt deutlicher in das Gewölbe herein. Jetzt war mir kalt. Aber ich hatte ja mein Sweatshirt schon Nelli geliehen. Das konnte ich ja wohl kaum zurückfordern.

„Sommer in Finnland!", sagte ich.

Nelli lachte.

„Nun es ist aber selbst für Finnland ein sehr launischer Sommer!", sagte sie.

„Du wolltest wissen, wie das mit meinen Eltern war."

Sie nahm einen langen, letzten Schluck aus der Flasche und legte diese dann neben sich.

„Mama ist ja in finnisch Lappland geboren und aufgewachsen. Meine Großeltern haben da schon immer gelebt. Großvater hat in einer Papierfabrik gearbeitet. Die hat jetzt jedoch geschlossen. Viele leben in den struktur-schwachen Regionen von der Stütze und machen nichts. So auch Freunde von mir."

Der Mond schien jetzt heller zu scheinen und tauchte die Wellen in sein Silberlicht ein.

Es knirschte hinter mir. Ich drehte mich er-neut um.

Nelli haute mir auf die Schulter.

„Jetzt hör damit auf, hier ist schon nichts!", lachte sie.

„Ok, also wie hat deine Mutter dann deinen Vater kennengelernt?", wollte ich weiter wissen.

„Also, da es dort oben schon länger kalt ist, fliegen die Finnen gerne und oft in Urlaub."

„Aber doch nicht ins ach so warme Deutschland!", warf ich ein.

„Nein, sie waren in Griechenland, als Mama 17 Jahre alt war. Und dort hat sie meinen

Vater kennengelernt, der hat in dem Hotel gejobbt, so als Ferienjob."

Sie überlegte.

„Ja und da er schon 22 Jahre alt war, waren meine Großeltern nicht so begeistert, dass ihre noch minderjährige Tochter sich mit ihm abgibt."

Auch ich hatte meine Flasche leer und legte sie beiseite. Ich musste aufstoßen.

„Verzeihung!", sagte ich. Ich nahm Nellis Hand und drückte ihre Finger etwas.

„Ja und dann?"

„Nachdem sie schon wieder zurück in Finnland waren, war meine Mutter eines Tages plötzlich weg, auf und davon zu ihrem Georg nach Deutschland gefahren."

Sie kratzte sich die Nase.

„Großmutter ist dann hinterher und, naja, 9 Monate später kam auch schon ich auf die Welt. Als Mutter 18, war haben die dann geheiratet. Großmutter hat 1 Jahr lang Schwarz getragen, um ihren Protest kund zu tun. Großvater meinte, dass Gott einen Plan mit jedem Menschen hätte und man die beiden nur machen lassen sollte"

Ich schaute Nelli an.

„Das klingt ja mächtig kompliziert", sagte ich.

„Es kam dann noch ein Bruder zur Welt, jedoch starb dieser den plötzlichen Kindstod als Kleinkind."

Nach einer Pause fügte sie ein: 'Angeblich' an.

„Warum meinst du 'Angeblich'", fragte ich.

Nelli seufzte.

„Der Zauber der Verliebtheit war schnell verflogen bei denen. Mein Vater ist eher auf der cholerischen Seite. Viele Jahre meiner Kindheit habe ich in Finnland verbracht. Es war ein Hin und Her!", sagte sie

„Warum bist du dann jetzt schon so lange in unserer Klasse?", fragte ich.

„Meine Mutter ist gestorben, wusstest du das nicht?!", fragte sie.

Ich zögerte.

„Nicht so im Detail", sagte ich.

„Zuerst war sie mit mir länger in Lappland. Dann hat sie es nochmal versucht in Deutschland und als sie sich trennen und für immer zurückziehen wollte nach Lappland, da gingen die Streitereien erst richtig los. Nach dem Tod meiner Mutter setzte mein Vater Himmel und Hölle in Bewegung, um mich mit Sorgerecht etc. bei sich zu behalten. Und ich fühlte mich ihm als stützende Tochter verpflichtet!", sagte Nelli

„Woran ist deine Mutter gestorben, wenn man fragen darf?"

„Sie erhängte sich im Keller, nachdem sie sich von mir ganz normal verabschiedet hatte, als ich zur Schule ging. Großmutter stand auf ihrer Beerdigung kopfschüttelnd hinter meinem Vater, als dieser vor dem Grab stand."

„Das tut mir leid, das alles zu hören", sagte ich.

„Ich bin bald weg von daheim. Wenn ich das Abi in der Tasche habe, dann will ich in Tornio Kunst studieren."

„In Italien?", fragte ich.

„Tornio, nicht Torino!", sagte Nelli deutlich.

„Das liegt bei Kemi, nahe der Grenze zu Schweden im Norden."

Sie machte eine Pause und rieb sich den Arm mit den vielen blauen Flecken.

„Aktuell gibt es nur Auseinandersetzungen, weil mein Vater es nicht akzeptiert, dass ich wegziehe, wieder in die Nähe der Verwandtschaft, die er eh nicht leiden kann. Aber ich lebte lange genug wie eine Gefangene."

„Warum, was ist los?"

„Ich konnte mich da Null entfalten. Er musste immer alles kontrollieren. Selbst zum Frauenarzt ist er mitgekommen und meinte dem Arzt noch Fragen über mich stellen zu müssen."

Ich schüttelte den Kopf.

„Der geht ja gar nicht!", sprach ich meine Gedanken laut aus.

„Aber jetzt nach dem Abi beginnt für dich ein neues Leben, oder?", sagte ich aufmunternd.

„Ja, wenn er mich lässt!"

„Was soll das heißen?"

„Du siehst ja, was los ist. Denkst du, der tut nicht alles, um mich daran zu hindern?"

Ich schaute sie an.

„Verbieten kann er es dir ja nicht mehr", sagte ich.

„Nein, aber er hat andere Mittel und Wege."

„Was meinst du damit?"

Nelli sprach nicht weiter. Sie starrte vor sich hin.

„Nelli!", sagte ich.

Nelli hatte mit einmal eine belegte, traurige Stimme.

„Ich will gar nichts mehr! Ich wollte immer wer anders sein und nie durfte ich. Ich wäre lieber ein Junge geworden", sage sie.

Ich schaute sie erstaunt an und strich über ihren Kopf und fuhr ihre langen blonden, geflochtenen Haare entlang.

„Das wäre aber schade für dein schönes Antlitz!", sagte ich.

„Nein, du verstehst nicht! Weißt du Jacob, das Leben ist voll von Scheiße und ich habe den Eindruck, dass die glücklichen Zeiten unglücklicherweise die sind, die nicht so oft vertreten sind."

Ich wusste nicht mehr, was ich darauf sagen sollte. Ich lehnte mich zurück und stützte mich auf meine Ellenbogen.

Das Meer rauschte vor sich hin und mich überkam die Müdigkeit.

Meine Gliedmaßen zuckten, so wie wenn man manchmal die Nerven spürt, kurz bevor man einschläft. Wenig später schreckte ich hoch, mein linker Fuß stieß gegen eine der Glasflaschen. Neben mir lag mein Sweatshirt auf dem Boden. Der Platz, wo Nelli saß, war leer.

Ich schaute auf die Uhr. Es war 4:30 Uhr morgens. Es hatte sich demnach nicht um einen Sekundenschlaf gehandelt, auch kein kleines Nickerchen. Ich spürte, dass ich überall Gänsehaut hatte. Ich nahm das Sweatshirt, zog es an und stand langsam auf. Da mein eines Bein eingeschlafen war, stolperte ich erst rückwärts und verursachte eine kleine Staubwolke.

Während es in meinem Bein wie verrückt kribbelte, schaute ich mich um. Da lag die 2. Flasche, sie war zerbrochen. Auf dem Boden waren keine deutlichen Spuren zu erkennen. Es sah aus, als hätte ein Strandlaken oder Handtuch darauf gelegen.

„Nelli?", rief ich leise. Ich ging ein paar Schritte und verließ das Gewölbe. Draußen war die Luft voller Morgennebel. Das Gras war nass und die Halme streiften meine Knöchel. Das Meer war jetzt in einem dunkleren Blau, da Wolken den Mondschein verdeckten. Es dämmerte bereits, jedoch half auch dies aufgrund der geschlossenen Wolkendecke nicht wirklich. Ich konnte mich durch den Nebel nur schwer orientieren und erkannte bestenfalls Umrisse. Ich nahm die Taschenlampenfunktion meines Handys und ging nochmal zurück in das Gewölbe. Ausser dem Platz, an dem wir gesessen hatten, schien alles leer zu sein.

Ich ging abermals nach draußen und lief an der Mauer entlang. Ich machte große Schritte durch die Wiese und ging zum Meer. Im Wasser lagen ein paar glitschige, verrottende Baumstämme.

Vielleicht war Nelli nur auf die Toilette gegangen, sagte ich mir. Ich stand unschlüssig eine ganze Weile da. Ich spürte, dass ich Halsschmerzen bekam. Es verstrichen rund 20 Minuten, in denen ich untätig dastand. Dann machte ich mich abermals auf die Suche und lief die nähere Umgebung ab.

„Nelli? Nelli!"

Als die Suche kein Ergebnis brachte, beschloss ich, den Teil der Insel abzusuchen, wo die vielen Häuschen standen. Ich war mir sicher, sie gleich auf einer der Treppchen sitzen zu sehen. Vielleicht hatte ihr unser

Gespräch nicht gepasst, weil ich sie ausgefragt hatte und sie zuviel über sich preisgegeben hatte.

Ich ging den Kopfsteinpflaster-Weg entlang. Einige Grillen zirpten. Am Ende des Weges war ich an der Anlegestelle angekommen. wo wir aus der Fähre ausgestiegen waren.

Es dämmerte. Ich ging zu dem Fahrplan, der an der Anlegestelle hing, um zu schauen, wann der Schiffsverkehr ging.

5:30 Uhr morgens war die erste Abfahrt. Vermutlich war Nelli einfach zurück in die Herberge gegangen und hatte sich ins Bett gelegt. Ich stiefelte los, wusste selbst, dass es nicht so sein würde. Als ich dort ankam, war die Holztüre verschlossen.

Ich klopfte ein paarmal und als ich mich gerade aufmachte um das Haus herumzugehen, öffnete sich die Türe.

Der Herr der Rezeption fragte, was ich wolle und ob ich hier wohne.

„Yes and it's an emergency!", stammelte ich und drängte mich an ihm vorbei.

Ich rannte zuerst in das Zimmer von Nelli und mir. Es war wie erwartet leer.

Dann versuchte ich mich daran zu erinnern, wo die Lehrer nächtigten. Ich hatte mir die Zimmernummer irgendwo aufgeschrieben. Ich fand den Zettel neben der Schreibtischlampe.

Ich ließ die Zimmertüre auf und beschloss erstmal bei Marc und Tim Rat zu suchen.

Diese machten erst nach mehrmaligem Klopfen ihre Türe auf, so dass durch die ganze Aktion auch Frau Hinsch wach wurde.

Sie öffnete die Türe ihres Zimmers, das daneben lag, fast zeitgleich mit Tim.

„Was ist diesmal? Ist wieder ein Rohr geplatzt?", wollte sie wissen.

„Nelli ist verschwunden", sagte ich und nach einer langen Pause erklärte ich:

„Ich kann sie nirgends finden."

Tim schaute mich an und dann Marc, der jetzt auch in der Türe stand.

„Vielleicht ist sie nur eben kurz auf Toilette?", fragte Gerda Hinsch.

„Nein, so einfach ist das nicht, zuletzt waren wir draußen", erklärte ich.

„Wo wart ihr?", fragte Frau Hinsch.

„Na, dann gehen wir sie eben suchen!", schlug Marc vor.

„Ich war schon überall!", sagte ich erschöpft.

Marc zog sich seine Jacke an. Frau Hinsch klopfte ein Zimmer weiter Herrn Martin wach.

Ich führte alle zu der Stelle, an der ich mit Nelli gesessen hatte. Dort lagen noch unsere 2 Glasflaschen. Eine davon war zerbrochen. Jetzt im Licht der aufgehenden Sonne, konnte man sehen, dass an der zerbrochenen Flasche etwas klebte.

„Ist das Blut?", fragte Frau Hinsch.

„Sieht ganz so aus", sagte Marc.

Herr Martin trat von hinten mit verfinstertem Gesicht heran.

„Suche einstellen!", befahl er.

„Jetzt wird's mir zu bunt, ich rufe die Polizei." Mit einem Blick in unsere überraschten Gesichter erläuterte er:

„Es klebt schließlich Blut an der Flasche und die Polizei kennt sich hier sicherlich besser als wir aus und weiß, wie man schneller suchen kann."

Er griff zu seinem Handy und tippte umständlich eine Nummer ein.

„Kein Freizeichen!", kommentierte er.

„Sie müssen die Ländervorwahl beachten", sagte ich.

„Von dir brauche ich jetzt nicht auch noch Ratschläge!", fauchte er mich an und ging zurück in Richtung Herberge.

Frau Hinsch schaute zu Marc und rief Tim zu uns her, der immer noch am Ufer auf und ab lief, um nach Spuren zu suchen.

„Kommt auch erstmal zurück, wir holen professionelle Hilfe, so bringt das ja nichts."

Als wir zurückgingen, spürte ich die Müdigkeit in meinen Knochen. Ich hatte

Gliederschmerzen, ich glaubte, ich hätte mir eine Grippe eingefangen.

Als wir in der Herberge ankamen, wurden wir von dem Bediensteten der Herberge empfangen. Er sagte, er hätte uns allen ein Frühstück gemacht und dass ein paar Polizisten auf dem Weg seien. Herr Martin hatte es also geschafft, sein Telefonat zu führen.

Marc und Tim schmierten sich ein Marmeladenbrötchen. Ich bleib regungslos sitzen und wartete auf das Eintreffen der Beamten.

Kurz nachdem das erste Boot aus Helsinki eintraf, betraten 3 Polizeibeamte den Raum. Sie wirkten alle relativ jung. Sie hatten einen ca. 18-jährigen Burschen mit kurzen, platinblonden Haaren bei sich. Sie stellten sich kurz vor. Der Junge stellte sich selbst vor.

„Hallo, ich bin Juhani und ich wurde gerufen... Ich wurde gebeten mitzukommen, um zu übersetzen. Ich spreche die deutsche Sprache. Und kann ihnen vielleicht 'helflich' sein."

Einer der Polizisten sprach zu ihm.

„Also, wo haben sie ihre Klassenkameradin vermisst?", fragte Juhani.

Ich begann die ganz Geschichte noch einmal von Anfang an zu erzählen. Herr Martin warf sofort die Geschichte mit der zerbrochenen Flasche ein, an der Blut geklebt hätte."

Der eine Polizist griff an mein Sweatshirt und sagte etwas.

„An Ihrem Sweatshirt ist wohl auch etwas Blut", erklärte Juhani und übersetzte weiter die Anweisung des Beamten, dass ich das Sweatshirt wohl ausziehen solle.

Ich tat, wie mir befohlen wurde.

Der Polizist sprach in sein Funkgerät.

Ich fragte Juhani, was jetzt unternommen würde.

„Einen Moment!", sagte Juhani und lauschte den Beamten. Dann sprach er mit ihnen.

„Die Insel wird bereits abgesucht von Polizei und Wasserschutz ist angefordert."

Ich wurde gebeten noch einmal alles bis ins letzte Detail zu berichten.

„Hatten Sie eine Beziehung zu Nelli? Oder in welcher Beziehung standen Sie zu ihr?", fragte Juhani.

Er gab meine Antworten an den Beamten weiter.

Die Beamten gingen zum Fenster und sprachen immer wieder in ihr Funkgerät.

„Was ist denn zum Teufel los?", fragte ich Juhani.

„Ihre Freundin Nelli ist in den frühen Morgenstunden verschwunden?", fragte dieser noch einmal.

„Ja, das sagte ich doch bereits!", antwortete ich.

Er schaute mich lange an und erklärte dann etwas leiser:

„So einen Fall gab es schonmal hier ganz in der Nähe!"

„Wieso, was meinst du?"

Ich schaute Juhani fragend an.

„Nun ja, hier in Espoo, der Nachbarstadt von Helsinki, wurden nachts, an einem See campende Jugendliche ermordet. Einer kam schwer verwundet davon und zog einige Jahre später schließlich selbst den Verdacht auf sich. Die anderen überlebten es nicht."

Mir lief ein Schauer über den Rücken. Ich stellte mir das Gewölbe am Strand vor, wo ich mit Nelli gesessen hatte und fataler Weise eingeschlafen war. Ich wünschte, ich könnte dieses Einschlafen rückgängig machen. Hatte ich nur durch Zufall Glück gehabt? Hätte auch mir etwas passieren können? Was zum Teufel war nur passiert?

Juhani fuhr fort:

„Man hat, so weit ich weiß den Mörder nie gefunden. Es gab jedoch etliche Verdächtige, die aber immer ein Alibi für die Tatzeit hatten."

„Juhani!", rief einer der Polizisten verärgert zu ihm herüber. Juhani strich sich durch die silberblonden Haare und ging auf Abstand.

Ich blieb sitzen. Ich war nachdenklich und versuchte, mich noch einmal krampfhaft daran zu erinnern, was Nelli genau alles erzählt hatte.

War gar nichts passiert? Wollte sie weggehen? Und wenn, wie? Die Fähre fuhr nachts nicht. Da blieb nur noch der Tunnel, der nicht öffentlich zugänglich war. War jemand vom Militär involviert? Die hatten doch Zugang zu dem Tunnel.

Ich stellte den Beamten meine Fragen.

„Unwahrscheinlich!", übersetzte Juhani meine Fragen zu dem Tunnel.

„Da kommt man nicht einfach so rein!", erklärte er.

Immer mehr Klassenkameraden standen auf und sahen mich, wie ich von den Beamten im Frühstücksraum befragt wurde.

„Ist was passiert?", wollte Freddy wissen.

Frau Hinsch packte ihn an der Schulter und meinte zu ihm.

„Jetzt lass mal, das werden wir gleich klären."

Nachdem bis Mittag nichts passiert war, erklärte man uns, die Insel sei abgesucht worden und an Land sei kein Hinweis oder eine Spur von Nelli gefunden worden. Man werde auf die Ergebnisse der Wasserschutz-polizei warten und man bat uns, mit nach Helsinki auf das Revier zu kommen.

Frau Hinsch beschloss bei der Klasse zu bleiben.

„Viel Glück!", sagte Marc zu mir, als ich mit den Beamten und Herrn Hinsch zusammen die Insel verließ.

Wir nutzten nicht die Fähre, sondern fuhren mit einem kleinen Boot der Polizei.

Der Junge namens Juhani war nicht mehr mit von der Partie.

Auf dem Polizeirevier in Helsinki wurde ich erneut mehrfach befragt. Diesmal auf englisch.

Ich sollte auch meine Hände vorzeigen und meinen Oberkörper freimachen. Auf dem Tisch konnte ich eine versiegelte Plastiktüte mit meinem Sweatshirt erkennen.

Durch die geöffnete Verbindungstüre konnte ich Herrn Marin erkennen, wie er sich zu einem Beamten vorbeugte und ihm etwas mit seinem sich schnell bewegendem Mundwerk erzählte.

Ich erzählte den Beamten alles, was mir zuerst in den Sinn kam. Ich wollte behilflich sein und kam nicht auf die Idee, dass ich mich selbst belasten oder verdächtig machen könnte.

Ich gab auch meine Einschätzung zu Herrn Martin von mir, dessen Verhalten mir zunehmend merkwürdiger vorkam. Ich erzählte von den Dingen, die Nelli mir über ihren Vater gesagte hatte und sprach den Verdacht von 'Missbrauch' aus.

Ich schaute aus den von Holz umrahmten Fenstern der Wache heraus. Das Licht der Sonne wirkte bereits wie am Abend.

Die Befragungen waren endlos. Schließich wurde uns mitgeteilt, dass Nelli offiziell als `Vermisst`gelte und sie mit der Polizei in Deutschland in Kontakt träten und sie uns vorerst nicht mehr benötigten.

Bevor ich die Wache verlassen konnte, wurde ich noch um Fingerabdrücke gebeten.

Unten am Hauptausgang wartete Herr Martin auf mich.

Er blickte finster.

Ich konnte die Situation nicht einschätzen und fragte daher:

„Und, was machen wir jetzt?"

„Wir werden jetzt zurückfliegen!", sagte Herr Martin streng. Er schaute mich gereizt durch seine geröteten Augen an.

„Wieso, wo sind denn die anderen?", fragte ich leicht naiv.

Er stieß verachtungsvoll Luft durch seine Nasenlöcher aus und antwortete nach einer Pause:

„Für die haben wir die Rückreise bei der Reederei umgebucht und die sind heute Nachmittag um 17:00 Uhr zurückgefahren."

Ich war erstaunt.

„Die Klassenfahrt wird jetzt einfach so abgebrochen?"

„Eine tote Klassenkameradin reicht dir wohl nicht?" Er schaute mich an und verdeutlichte mir, dass er mit mir keine weiteren Unterhaltungen wünschte. Auf der Fahrt zum Flughafen saß er vorne und ich saß wie ein Strafgefangener auf der Rückbank. Das Taxi rumpelte über die Straßenbahnschienen, über vom Winterdienst verkratzte Straßen und etliche Bodenwellen aus der Stadt hinaus zum Flughafen Helsinki-Vantaa.

Ich versuchte meinerseits Herrn Martin so gut wie möglich zu ignorieren.

Am Checkin verhandelte er sehr lange. Ich konnte akustisch schlecht verstehen, um was es ging, jedoch hatten wir am Ende der Diskussion mit der Checkin Agentin separate Sitzplätze, was mir auch sehr gelegen kam.

Wir gingen mit einigem Abstand durch die Sicherheitskontrolle. Da wir recht spät waren, rollte das Flugzeug schon in seine Parkposition ein, als wir das Gate erreichten. Wir hatten also nicht mehr so wahnsinnig viel Zeit am Flughafen.

Ich schaute mich um. In der Nähe des Gates gab es einen Laden, der Erfrischungsgetränke verkaufte. Ich fühlte mich von dem Ganzen Fragen-Beantworten auf dem Polizeirevier wie ausgetrocknet.

Ich sagte Herrn Martin, dass ich mir noch schnell etwas kaufen würde. Er händigte mir wortkarg meine Bordkarte aus und schickte ein:

„Aber verpass ja nicht den Flug, sonst bist du ab jetzt auf dich alleine gestellt!" hinterher.

Ich kaufte mir eine finnische Limo und verzog mich hinter eine Betonsäule. Ich stöpselte mein Handy an die dort vorhandene Steckdose an. Der Akku war seit diesem Morgen leer.

Als sich das Display erhellte und das Handy hochfuhr, hatte ich für eine Sekunde die Hoffnung eine Nachricht von Nelli zu bekommen. Jedoch passierte dies nicht.

Ich rief zuhause an, um meinen Eltern mitzuteilen, was passiert war. Ich hatte meinen Vater dran. Er hörte sehr aufmerksam zu und stellte wenig Fragen.

„Wo bist du jetzt?", fragte er.

Ich erzählte ihm von der überstürzten Abreise. Dies fand er sehr seltsam. Ich sagte ihm auch, dass Herr Martin gesagt hatte, dass die Kosten für mein Flugticket noch auf meine Eltern zukommen würden.

„Kann er gerne haben!", schimpfte mein Vater. Es entstand eine Pause. Dann sagte er:

„Tu mir einen Gefallen und unterhalte dich jetzt nicht mehr mit diesem Mann. Wir kommen dich am Flughafen abholen!"

Ich beendete das Telefonat, da der Flug bereits zum Einsteigen aufgerufen wurde.

Ich konnte Herrn Martin nicht am Gate sehen. Ich stieg schließlich ein und schob mich an den anderen Passagieren vorbei, die versuchten ihr übergroßes Handgepäck in die Kofferfächer zu zwängen. Als ich meinen Sitz erreicht hatte, dreht ich mich um und konnte 5 Reihen hinter mir Herrn Martin sehen. Er hatte mich gesehen, reagierte jedoch nicht.

Ich schaute aus dem Fenster, als der Flieger Richtung Startbahn rollte.

Von dem Flug bekam ich nicht viel mit, da mich bereits vor dem Start die Müdigkeit übermannte.

Ich wachte erst wieder auf, als der Flieger hart in Frankfurt aufsetzte.

Erst auf dem Weg zum Gepäckband stellte ich fest, dass wir ja gar kein Gepäck aufgegeben hatten. Ich hoffte, dass die anderen das mitgenommen hatten. Ich blickte um mich. Von Herrn Martin keine Spur. Ich verließ die Gepäckhalle und entdeckte gleich meine Eltern.

„Na komm...", sagte meine Mutter.

Mein Vater teilte mir mit, dass er den Familienanwalt eingeschaltet hätte.

Ich blieb ein paar Tage zuhause, um Abstand zu der Sache zu gewinnen. Zudem waren wir ja alle noch offiziell auf Klassenfahrt.

Ich schaute immer wieder auf mein Handy, ob Nelli mir etwas geschickt hatte.

Alles kam mir sehr unreell vor und ich versuchte mich selbst davor zu schützen.

Erst nach Wochen wurde mir klar, es ist Wirklichkeit und ich würde sie nie wieder sehen...

Von diesem Tag an war Nelli aus meinem Leben verschwunden.

Luku 8
Daheim ist nicht wie früher

Ich rutschte nervös auf dem Sofa meiner Eltern hin- und her. Der Anwalt war gekommen und stellte jede Menge mir unangenehme Fragen.

„Sie werden die Polizei hier in Deutschland verständigen und die werden dir nochmal alle Fragen erneut stellen", erklärte er.

Er war ein Mann um die 50 und schaute mich mit ruhigem Blick an. Er trug ein dunkelgrünes Hemd und hielt einen sehr kleinen silbernen Stift in der Hand, mit dem er seine Notizen auf einen College-Block machte.

Die Standuhr im Wohnzimmer schlug halb zwölf Uhr mittags. Mein Magen knurrte, ich hatte schon wieder vergessen zu frühstücken.

„Verstehst du, es ist wichtig, dass du bei einer Aussage bleibst, damit du dich nicht noch mehr verdächtig machst."

Er legte seinen kleinen silbernen Stift auf den Tisch. Dieser rollte über die Platte auf den Teppichboden. Ohne ihn aufzuheben fuhr er fort:

„Da du als letzter bei ihr warst, wird man sich natürlich bei der Suche auf Dich konzentrieren. Und da Blutspuren gefunden wurden, ist Nelli nun nicht nur 'verschwunden', sondern sie gehen von einem Verbrechen aus."

Er räusperte sich und hob den Stift auf.

„Außerdem hat der Vater von Nelli wohl Anzeige gegen dich erstattet. Weswegen genau weiß ich nicht."

Ich schaute ihn an.

„Ja, das ist mir bekannt. Vielleicht ist er sehr verbittert und kann das Verschwinden seiner Tochter nicht verarbeiten." Ich räusperte mich.

„Denken Sie, ich sollte mal bei ihm vorbeischauen und mit ihm sprechen?", fragte ich.

Der Anwalt zog die Stirn hoch.

„Davon rate ich dringend ab!", sagte er.

Er steckte den College-Block und seinen kleinen silbernen Stift in seine alte hellbraune Ledertasche und verschloss diese mit ihren 2 Schnallen.

„Ebenso kontaktierst du bitte nicht diesen merkwürdigen Lehrer. Der ist mir sehr suspekt."

Er machte eine kleine Pause.

„Wir müssen jetzt abwarten, was dir genau vorgeworfen wird. Und dann werden wir reagieren!" Er tippte mit seinem Zeigefinger auf die Tischplatte.

„Bitte unternimm nichts proaktiv, weil Du denkst, dass du der Polizei damit bei ihrer Suche nach Nelli helfen kannst. Je mehr du dazu hinterher aussagst, desto mehr machst du dich verdächtig."

Ich schaute ihn verdutzt an. Er erläuterte:

„Je mehr du an 'Infos' nachlieferst, desto mehr kannst du dich in Aussagen verstricken. Du widersprichst Dir gegebenenfalls, ohne es selbst zu bemerken. Jedoch die Akte vergisst nichts.

Ich blieb regungslos sitzen und fühlte mich wie ein Schwerverbrecher.

„Mach dir keinen Kopf, wir kriegen das schon hin!" Er klopfte mir auf die Schulter und verabschiedete sich dann.

Meine Mutter überredete mich etwas Nudelauflauf zu essen. Am Nachmittag kamen Marc und Tim zu Besuch. Auch Freddy hatte sich angeschlossen.

Die 3 hatten auf meinem Bett Platz genommen. Freddy schaute mich mitleidig an.

„Was ist?", fragte ich schließlich.

„Heute gab's schon die Zeugnisse", gab Marc von sich und fuhr fort:

„Man entlässt uns aufgrund der Ereignisse auf der Klassenfahrt in das Ende der Schulzeit, von einer Abschlussfeier wird unter diesen Umständen abgesehen."

„Du sollst dir dein Abschlusszeugnis bei der Schulleitung abholen", ergänzte Tim.

Ich saß auf meinem Drehstuhl neben meinem Schreibtisch. Ich rückte ihn näher an das Bett heran.

„Wer hat das gesagt?", wollte ich wissen.

„Frau Hinsch", antwortete Freddy.

„Herr Martin ist nicht erschienen und soll seine Kündigung entweder selbst eingereicht haben oder soll eine Kündigung erhalten haben. Soweit die Gerüchte, die man hört über den Flurfunk."

Die 3 saßen da, wie Vögel auf einer Stange.

„Hm, hast Du irgendein Lebenszeichen von Nelli erhalten oder eine Form von Nachricht, etwas Ungewöhnliches oder so?", fragte mich Tim.

Ich drehte mich um, um auf meinem Computer die emails abzurufen, weil ich das heute noch nicht getan hatte.

„Nein", sagte ich langsam.

Auch Facebook, Twitter und die üblichen Verdächtigen sagten nichts.

Meine Mutter kam die Stiege herauf. Doch anstelle das für sie übliche Tablett mit Apfelschorle zu bringen, das sie zu servieren pflegte, wenn meine Freunde da waren, flüsterte sie nur:

„Jacob, da sind 2 Beamte von der Polizei gekommen, die dich sprechen wollen."

Die 2 Polizisten standen mit neu aussehenden, blauen Uniformhemden im Eingang zum Wohnzimmer.

„Jacob Zimmermann?", fragte der eine.

„Ja, der bin ich", antwortete ich.

„Haben Sie einen Reisepass oder Personalausweis zur Hand, damit wir Ihre Identität überprüfen können?", fragte der andere.

„Den Perso hast du doch bestimmt noch in Deinem Geldbeutel", sagte meine Mutter und nahm meine Jacke vom Bügel in der Garderobe.

„Ja, genau", gab ich von mir. Ich nahm ihr die Jacke ab und zog umständlich den Geldbeutel aus meiner Jackentasche.

„Zu dumm, dass der Anwalt schon weg ist", dachte ich mir.

Der Beamte nahm den Ausweis entgegen und notierte etwas.

Wir gingen weiter Richtung Wohnzimmer und nahmen auf dem Sofa Platz. Die beiden Herrn wussten nicht, wie sie sich am besten hinsetzen sollten. Ich versuchte betont locker zu bleiben.

„Ja, also im Prinzip geht es nur darum, dass wir weitergehende Ermittlungen führen im Fall ihrer als vermisst geltenden Klassenkameradin Nelli. Wir möchten noch einmal ihre in Finnland getroffenen Aussagen verifizieren."

Ich sprach ruhig und konzentriert. Ich hatte die mahnenden Worte des Anwalts im Kopf. Ich rekapitulierte, was ich wohl in Helsinki ausgesagt hatte und antwortete so knapp wie möglich auf Fragen.

„Wie Ihnen bestimmt schon zugetragen wurde, haben der Vater von Nelli sowie der Klassenlehrer Uwe Martin Anzeige gegen Sie erstattet."

Ich schüttelte erstaunt den Kopf.

„Was, der Klassenlehrer?", fragte ich erstaunt.

„Wegen was denn?"

Der Beamte schaute in seinen Dienstlaptop und fasste zusammen:

„Verleumdung ... Sie hätten gegenüber der 2. Reisebegleitung und Lehrerin Frau Gerda Hinsch behauptet, dass er sich auf der Klassenfahrt mit Alkohol betrunken hätte."

Der Polizist schaute von seinem Laptop auf und fragte mich:

„Ist es korrekt, dass Sie mit der vermissten Person in einem Zimmer genächtigt haben?"

„Ja, ist korrekt."

„In welcher Beziehung standen Sie zu der vermissten Person?"

„Freundschaftlich."

Er klappte seinen Laptop zu und sagte:

„Gut, das wäre fürs erste alles. Wenn wir noch etwas von Ihnen brauchen, dann melden wir uns bei Ihnen."

„Eines dürfte Sie noch interessieren", sagte der andere.

„Es wurde ein DNA-Test an dem von ihnen einbehaltenen Sweatshirt mit Blutspuren sowie an der Glasflasche mit Blutspuren gemacht. Es handelt sich um ihre eigene DNA. Hatten Sie sich irgendwie verletzt?"

Ich war verwirrt. Ich schaute meine Hände und Arme an und suchte nach irgendwelchen verheilten Schnittwunden. Hatte ich mich selbst beim Aufstehen an der herumliegenden zerbrochenen Flasche geschnitten? Bevor ich einnickte war sie noch ganz. Hatte ich sie in den Händen gehalten? Warum hatte ich diesen Riesen Blackout?

„Jetzt wirklich?", rutschte mir heraus.

Während die Beamten zur Türe gingen, fragte ich sie:

„Haben Sie irgend eine Idee, wie das zustande gekommen sein soll?"

Der eine Beamte stand schon im Freien. Der andere gab von sich:

„Das obliegt nicht uns zu urteilen, Herr Zimmermann!"

Der Nachmittag sah nicht viel besser aus. Die großen Türen der Schule mit ihren abgegriffenen Plastikgriffen widerten mich an.

Sie waren diesmal ungewöhnlich schwer, als ich versuchte sie aufzuziehen. In ihren spiegelnden Scheiben konnte ich sehen, wie Mitschüler mich beobachteten. Zumindest kam dies mir so vor. Ich zog die Türe mit einem Ruck auf und trat ein. Meine Schuhe schlurften über den grauen, brandfesten Teppichboden der Halle. Zwei Mädchen, die vor mir meinen Weg kreuzten, drehten sich kurz um und tuschelten dann.

„War das nicht der, der..." Ich konnte es ganz deutlich hören. In einiger Entfernung drehte das eine Mädchen sich nochmal um und schüttelte dann den Kopf.

Ich hatte die Hände in die Hosentaschen gesteckt, da ich nicht wusste, wohin damit. Ich ärgerte mich über diese 2 ignoranten Geschöpfe und schüttelte ebenfalls den Kopf.

Als ich mich dem Zimmer des Rektors näherte, öffnete sich die Türe und Frau Meier, die dickliche Deutschlehrerin, verließ den Raum.

„Ach, der Herr Zimmermann!", sagte sie missbilligend.

„Wir haben gerade von Ihnen gesprochen."

Sie hielt mir die Türe auf und ich zwängte mich an ihr vorbei und murmelte ein:

„Guten Tag."

Sie seufzte und schüttelte ebenfalls den Kopf über mich. Im Zimmer des Rektors standen die Sekretärin und der Rektor nebeneinander. Sie fragte mich:

„Herr Zimmermann, was können wir für Sie tun? Sind sie gekommen, um ihr Zeugnis abzuholen?"

Ich hatte immer noch meine Hände in den Hosentaschen und wiederholte nochmal mein:

„Guten Tag."

Herr Schmitt bot mir einen Stuhl an und nahm hinter seinem schweren Tisch in seinem Ledersessel platz. Er unterrichtete neben seiner Tätigkeit als Schulleiter die Fächer Gemeinschaftskunde und Geschichte und hatte sich damals in der 5. Klasse uns mit den Worten 'Schmitt mit 2 t, wie Gott' vorgestellt.

Ich spürte ziemlich deutlich, dass ich in dieser Schule nicht mehr willkommen war.

„Ja, also genau, ich bin wegen meinem Zeugnis hier", sagte ich.

Die Sekretärin drehte sich um und sagte:

„Also, ich werde es gleich mal aus dem Aktenschrank holen."

Herr Schmitt schaute mich lange an. Dann begann er zu sprechen:

„Also, das Ende der Schulzeit ihres Jahrgangs kam ja ziemlich abrupt. Das ist ein einschneidendes und prägendes Erlebnis. Das haben sich bestimmt viele anders vorgestellt und gewünscht."

Ich zuckte mit den Schultern.

„Ich könnte mir vorstellen, dass Ihnen das nicht so egal ist, wie Sie mit ihrer betonten Gleichgültigkeit vorgeben!", sagte er scharf.

Die Sekretärin war zurück. Sie beugte sich mit ihrer fliederfarbenen Bluse über den Tisch und lächelte mich kurz an. Sie übergab mir meine Zeugnismappe und legte 2 gestempelte Papiere nebendran.

„Ihre Hochschulreife und 2 beglaubigte Kopien", sagte sie.

„Man braucht sie ja meistens sofort, wenn man sich für eine Uni einschreiben will oder sich direkt bei irgend einem Unternehmen bewirbt."

„Vielen Dank", sagte ich.

Ich nahm die rechte Hand aus der Hosentasche und blätterte in der Mappe. Ich ging das Zeugnis durch.

„Es sieht ganz passabel aus", kommentierte Herr Schmitt.

„Dieses Zeugnis sollte Ihnen keine Probleme bereiten, falls Sie sich an einer Uni einschreiben möchten. Aber das wird jetzt die geringste Ihrer Sorgen sein."

Meine Blicke streiften über seinen Kopf hinweg. An der Wand hinter ihm hingen alte Auszeichnungen der Schule. Am Fenster links von ihm hing ein schwarzer Aufklebevogel halb herab. Die Folien hatten ich und Tim in der 6. Klasse nachmittags mit unserer

Biolehrerin angebracht, da so viele junge Vögel gegen die Glasfront des Gebäudes geflogen waren.

„Darf ich Sie fragen, zu welchem Zerwürfnis es zwischen Ihnen und Herrn Martin gekommen ist, so dass dieser sogar die Kündigung eingereicht hat?"

Ich klappte die Mappe zu und nahm die 2 Extra-Kopien dazu.

„Also, dazu kann ich Ihnen nichts sagen, fragen sie den Herrn das am besten selbst."

Ich stand auf, streckte ihm die Hand entgegen und sagte:

„Herr Gott, vielen Dank für alles!"

Er gab mir die Hand und schaute mich verdutzt an.

„Schmitt hätte gereicht. Viel Erfolg, Herr Zimmermann."

„Frau Panolke. Alles Gute!" Ich streckte auch der Sekretärin die Hand entgegen.

„Oh, vielen Dank, dir auch alles Gute!", sagte sie mit weicher Stimme.

Es hupte 3 mal. Ich hatte die Schule durch den Hinterausgang verlassen. Dort stand ein roter VW Käfer und ratterte vor sich hin. Hinter dem Steuer saß Tim und blitzte mich jetzt auch mit den Scheinwerfern an.

Ich ging auf den Wagen zu und öffnete die Beifahrertüre.

„Du hier?", fragte ich erstaunt.

„Du musst die Türe nochmal zuhauen, die hat nicht geschlossen", sagte er.

Ich schlug die Türe nochmal mit Gewalt zu. Die Scheiben wackelten. Ich schaute mich in dem Auto um. Alle Ecken der Kiste wirkten sauber und gepflegt. Tims Vater liebte diesen Oldtimer, aber es war das erste Mal, dass ich in ihm saß.

„Zeig mal her", sagte Tim und zog mir die Zeugnismappe aus der Hand. Die beglaubigten Kopien fielen heraus.

„Hey, pass auf!", sagte ich.

„Ach das, das haben wir auch bekommen", sagte Tim.

Er lass jedes Fach und jede Zeile sehr genau.

„Wow, net schlecht", brachte er hervor. Er gab mir die Mappe zurück und ruckelte an der Gangschaltung herum, bis er schließlich den 1. Gang reingeschoben bekommen hatte. Das Auto fuhr mit einem Satz an.

Ich las die Kopien von der Fußmatte auf und legte sie zurück in die Mappe.

„Und freier Mann... dann kannste dich ja an der Uni bewerben."

Ich schaute zu Tim herüber.

Er blickte mich an.

„Ja, das Verschwinden von Nelli...", sagte er. Er setzte den Blinker und bog ab und fuhr dann fort:

„Ich weiß, du machst dir fürchterliche Vorwürfe, aber hey... die Gute war eh etwas crazy und ich bin mir sicher..."

Er kurbelte das Lenkrad, als er in die Kurve fuhr. Man merkte, dass der Wagen keine Servolenkung hatte.

„...nun ja, ich denke jedenfalls, dass die in der Nacht auch so verschwunden wäre. Auch ohne Deine Anwesenheit!"

Ich schaute auf die Allee, durch die wir fuhren.

„Wo geht es eigentlich hin?", fragte ich.

„Zu Bobs Kneipe", erklärte Tim.

„Dort wartet Marc auf uns. Wir wollen dich mal auf andere Gedanken bringen."

„Überall hin, nur nicht zu Bobs Kneipe!", schimpfte ich. Doch da knirschte schon der Kies unter den schmalen Reifen des Käfers.

Der Motor soff ab, als Tim den Wagen parkte.

Die Sonne spiegelte sich in dem Wohnhaus, an dessen Balkon die Leuchtreklame für 'Bobs' angebracht war. Spinnweben hingen an den Seiten der Fenster. Die Tannen in Bobs Garten hingen vertrocknet da.

Als wir durch die Türe eintraten, sahen wir gleich neben ein paar Saufnasen aus dem Dorf Marc über einen Teller Pommes gebeugt sitzen. Er schaufelte die Pommes Frites hastig in sich herein und tauchte jede 2. vorher in ein weißes Töpfchen mit Majonäse.

Als er uns sah, erhob er den Kopf und wischte sich seine fettigen Finger an einer kleinen, roten Stoffserviette ab. Die 3 Herren aus dem Dorf schauten kurz zu uns herüber, gaben irgendwelche Kommentare von sich und widmeten sich dann wieder ihren Alltagsthemen und ihren Bierkrügen.

„Hast du dein Abi in der Tasche?", fragte Marc.

Tim und ich zogen uns Hocker heran und setzten uns neben Marc an die Bar.

„Ja, ich war wohl heute ein letztes Mal in diesem Schulhaus. Und so komisch wie es dort gelaufen ist, trauere ich auch keinem hinterher", sagte ich.

Marc streckte mir ganz förmlich die Hand entgegen und sagte:

„Dann gratuliere ich dir!"

Unschlüssig, ob es sich um einen Scherz handeln sollte oder ernst gemeint war, nahm ich die Hand entgegen und schüttelte sie. Er schien es ernst gemeint zu haben. Alle waren auf einmal so aufmerksam und besorgt um mich, in ihren Blicken stand fast so etwas wie Mitleid geschrieben. Dabei war es doch Nelli, die spurlos verschwunden war, und nicht ich. Der Wirt selbst, Bob, kam zu uns.

„Männer, was wollt ihr bestellen? Für dich, Tim, wieder Currywurst und ein Radler, was?"

„Jawohl, Sir."

Tim nickte.

„Wie immer, dachte ich mir doch!", sagte Bob. Er schaute mich an.

„Ach ja", rutschte aus ihm heraus. Er fragte nichts weiter und nach einer Pause sagte er:

„Also..."

„Chickenwings, mit kleinem Salat und eine große Spezi", sagte ich.

Bob nickte. Er blieb noch einen Moment bei uns stehen, als wollte er noch etwas fragen, rieb mit seinem Handtuch eine Stelle am Tresen und sagte dann:

„Also gut, wird gemacht!", und verließ uns.

Seitdem ich wieder zurück zuhause war, hatte ich den Eindruck, von allen beobachtet zu werden. Alle schienen über Nellis Verschwinden Bescheid zu wissen und ich fühlte mich wie der Hauptverdächtige in diesem Fall. Es wirkte so gar so, als wolle jeder etwas fragen, als läge es ihnen auf der Zunge, aber sie getrauten es sich nicht. Nicht etwa aus Anstand. Aus Anstand sicherlich nicht. Sie wussten nicht, wie sie es anstellen sollten, wie sie es einfließen lassen konnten, ohne offensichtlich zu neugierig zu wirken. Die Männer von drüben schauten auch wieder zu uns herüber.

„Und, hast du dich schon für die Uni eingeschrieben?", fragte Marc.

„Wann sollte ich mich denn damit befassen? So rein zeitlich gesehen?"

„Nun ja, ich dachte nur..."

„Du wirst dich bestimmt bald darum kümmern, du erledigst ja immer alles gleich, was so anfällt an Aufgaben", sagte Tim.

Ich schaute die beiden an.

„Was soll denn jetzt das? Ihr braucht nicht versuchen auf Teufel komm raus irgendwelche Themen anzusprechen. Wenn ihr was zum Thema Nelli wissen wollt, dann fragt einfach."

„Ja, oder so...", sagte Marc.

Bob kam zurück und stellte Tim ein Radler mit den Worten:

„Einmal mit extra viel süßem Sprudel..." hin.

Dann nahm er einen Bierdeckel und stellte mir meine große Spezi hin.

Er blieb bei uns stehen und polierte wieder hingabevoll den Tresen mit seinem Handtuch. Ich schaute ihn direkt an.

„Schon gut!", sagte er und verschwand.

„Wie ihr sicherlich wisst, haben der Vater von Nelli und der Martin Anzeige gegen mich erstattet."

„Welcher Martin?", fragte Marc.

„Herr Martin. Uwe Marin, dein Lehrer, unser aller Lehrer!", sagte ich.

Tim schaute nachdenklich.

„Der Vater von Nelli, das verstehe ich ja noch irgendwo", sagte er.

„Warum das denn?", fragte Marc.

„Seine Tochter ist weg, verschwunden, vielleicht tot, was auch immer und er scheint ja sowieso total zu spinnen. Aber der Herr Martin, was hat der davon?"

Marc wischte sich den Mund ab und legte die rote Serviette auf den leeren Teller.

„Er hat reichlich getrunken und war super strange auf der Abschlussfahrt. Dann das Zerwürfnis mit der Hinsch. Ich traue dem nicht über den Weg!"

„Allein, dass er dich anzeigt, zeigt, dass etwas nicht ok ist!", sagte Tim.

„So, Chickenwings und für den Kollegen das Übliche. Dann lasst es euch schmecken. Für dich noch ein Helles, Marc?", fragte Bob und verschwand diesmal gleich diskret wieder.

„Das Ganze ist sowieso voller Fragezeichen. Hast Du nochmal überlegt, ob sie irgend etwas gesagt hat, was Dir komisch vorkam?", wollte Marc wissen.

„Vielleicht solltest du einfach mal mit ihrem Vater sprechen!", sagte Tim.

„Habe ich auch schon überlegt, aber das hat mir unser Anwalt ausdrücklich verboten!"

„Danke für den Abendsnack!", sagte ich zu Tim, als wir über den knirschenden Kies vor Bobs Kneipe gingen.

„Kein Ding! Hey, soll ich dich von hier aus noch heimfahren?", wollte er wissen.

„Nein, ich denke, ich werde laufen", sagte ich. Ich klopfte ihm auf die Schultern. Dann klopfte mir Marc auf die Schultern.

„Hey, das wird schon. Ich weiß, niemand will jetzt in deinen Schuhen stecken, aber... kümmere dich einfach um was anderes. Schreib dich an der Uni ein und ..... Wir schauen morgen mal bei dir vorbei!"

Marc schwang sich auf sein Fahrrad, Tim stieg in seinen Käfer und sie fuhren weg.

Ich lief rechts die Straße entlang. An der Pferdekoppel bog ich auf einen Trampelpfad ein, der eine vermeintliche Abkürzung auf meinem Heimweg darstellte.

Ich weiß nicht, ob es Zufall oder Vorsehung war, jedoch führte mich dieser Weg am Haus von Nelli vorbei. Ich blieb einen Moment davor stehen, bevor ich weiter in Richtung nach Hause ging. In der Dämmerung hatte ich ihn gar nicht bemerkt.

„Was willst du denn hier?", fragte er. Es war Nellis Vater. Anstelle einfach weiterzugehen, ging ich auf ihn zu. Ich stellte mich kurz vor, da ich nicht sicher wusste, ob er mein Gesicht kannte. Ich streckte ihm meine Hand entgegen. Er erwiderte den Gruß nicht.

„Ich wollte mal mit Ihnen sprechen und ihnen mein Bedauern aussprechen", log ich.

Nellis Vater zündete sich eine Zigarette an und sagte:

„Na du hast Nerven hierher zu kommen!"

Ich wartete einen Augenblick ab, was passieren würde. Er schloss die Haustüre auf und ich trat nach ihm ein.

Drinnen stank es nach kaltem Rauch. Die Tapeten waren gelb von Nikotin. Er ging ins Wohnzimmer, wo ein ausgestopfter Elchkopf an der Wand hing. Er nahm auf dem gelb gerillten Kord- Sofa Platz. Ich setzte mich vorsichtig ihm gegenüber. Dabei hatte ich stets die Ausgangstüre im Blick. Ich hätte nicht her-kommen sollen, aber jetzt war es irgendwie passiert. Nellis Vater wartete. Ich musste mir irgendwie ein Gespräch aus den Fingern saugen, auch wenn ich einen Brechreiz in mir aufsteigen spürte.

Im Wohnzimmer war es sehr dunkel. Der Schein der spärlichen Wandbeleuchtung reich-te nicht richtig zu uns an die Sofagruppe herüber. Ich konnte durch die Fenster die Nacht hereinbrechen sehen. Von Nellis Vater war im Wesentlichen nur die Glut des Zigarettenstängels zu sehen.

„In welcher Beziehung standen Sie zu meiner Tochter?"

Es schnürte sich mir der Hals zu.

„Wie, in welcher Beziehung?"

„Du hast schon verstanden! In welcher Beziehung?", sagte er deutlich lauter. Er drückte seinen Zigarettenstummel in einem auf dem Tisch befindlichen Kristallaschenbecher aus, um sich gleich eine neue Kippe anzuzünden. Er benutzte hierzu ein altmodisches Streichholzbriefchen.

Ich setzte mich aufrecht hin.

„Nun ja, wir sind Schulfreunde."

„So, so, gute Schulfreunde!", sagte er laut.

„Ja, genau", sagte ich.

Er blies mir den Rauch ins Gesicht.

„Komisch, Nelli hat mir nie etwas von einem guten Schulfreund erzählt", sagte er.

„Dazu kann ich nichts sagen", antwortete ich.

„Der gute Schuldfreund!", wiederholte er.

„Ja."

„Ihr wart gute Schulfreunde! Habe ich dann letzte Woche mit dem guten Schulfreund telefoniert?", wollte er wissen.

„Ja, das war ich", antwortete ich. Mein Blick wanderte abermals durch das Wohnzimmer. Gemütlich eingerichtet war anders. An der Wand hingen goldgerahmte, geschmacklose Bilder, wie es sie auf jedem Trödelmarkt gibt. In der einen Ecke stand ein Fernseher auf einem schwarzen, kegelförmigen Plastikständer. Das Kabel war zu kurz und spannte deshalb zwischen Gerät und Wand. Neben dem Elch-Geweih war eine finnische Flagge mit Stecknadeln an die Wand gepinnt.

„Das ist ein echter Elch aus Finnland", kommentierte Nellis Vater.

„Den habe ich selbst geschossen! Damals, als meine Frau noch lebte. Der ist aus den Wäldern von Kemi!"

„Von wo genau?", fragte ich.

Nellis Vater drückte die Zigarette aus und hustete. Sein Atem roch vergammelt.

„Kemi, bei Tornio, Lappland. In der Nähe von Rovaniemi, dem sogenannten Weihnachtsmanndorf, davon hast du vielleicht mal gehört. Oder auch nicht."

„Auf jeden Fall, wollte ich ihnen sagen, wie entsetzlich ich es finde, dass Nelli unauffindbar ist und sich die Polizei noch nicht gemeldet hat. Das tut mir unendlich leid", sagte ich.

Sein Blick verfinsterte sich wieder. Ich spürte Beklemmung. Mit ihm in einem Haus leben zu müssen, musste die Hölle sein. War das der jähzornige Kontrollfreak? Hatte er sie in den Selbstmord getrieben?!

„Ja, das sollte es dir auch!", sagte er.

„Wie bitte?", fragte ich.

„Sie waren immer gegen mich", sagte er.

„Nelli?", fragte ich.

„Nelli, Nelli! Wer redet hier denn von Nelli? Die finnischen Großeltern! Nelli, Nelli, sie war, sie war..."

„Sie war?", fragte ich.

Er beachtete meine Frage nicht weiter und deutete auf ein Familienfotoalbum, das aufgeschlagen auf dem Tisch lag. Auf der linken Seite der Doppelseite war Nelli mit ihrem Vater beim Angeln zu sehen. Es schien Finnland zu sein. Er deutete auf die andere Seite. Dort saß Nelli mit einem Kurzhaarschnitt in einem weißen Hemd und schwarzer Krawatte am Tisch mit Verwandten bei Kaffee und Kuchen.

„Mit 15 hat sie total gesponnen. Da hat sie sich wie ein Kerl angezogen, wollte immer aussehen wie ein Junge. Hat immer ne Riesenshow abgezogen, wenn Verwandtschaft im Anmarsch war. Und ihre Mutter, die hat der ja alles durchgehen lassen."

Er schaute mich strafend an.

„Das muss sehr schwierig gewesen sein", sagte ich.

Er nickte.

„Ja, weißt du, ich bin ein sehr stolzer Vater!"

„Ich meine schwierig für Nelli!"

Er mustert mich.

„Was weißt du schon?", sagte er laut und fuhr fort, indem er mich fast anschrie:

„Ich fühle mich sehr, sehr schlecht! .... Sie war meine Tochter!"

Instinktiv stand ich auf. Da ich Angst hatte, er würde noch mehr ausflippen, murmelte ich

irgendeine höfliche Floskel zur Verabschie-
dung. Er begleitete mich zur Türe und
verabschiedete mich mit:
„Ja, pass bloß auf!"
Demoralisiert schlappte ich nach Hause.

Luku 9
Ein verlorenes Jahr

Die Stimmung nach der Schulzeit beschreiben viele als Aufbruch in ein neues Leben. Eine positive Veränderung und Aufbruch zu etwas Großem. In unserem Falle fühlte es sich nicht so an. Unser Ausscheiden von der Schule endete mit dem Verlust einer Klassenkameradin. Ich war natürlich auch sehr traurig darüber. Aber da war noch etwas anderes. Ich fühlte mich in die ganze Sache zu Unrecht reingezogen. Ich war plötzlich zu einem Verdächtigen in einem Kriminalfall geworden.

Doch was konnte ich denn für diese Umstände? Ich konnte mich nicht erinnern, dass mich irgendwer gefragt hätte, ob ich mich um Nelli kümmern wolle. Nur weil wir einen gewissen Draht zueinander hatten, bedeutete das noch lange nicht, dass ich dieses Mädchen in irgendeiner Weise verstanden hätte. Nelli war ein nicht sehr offenes und meiner Meinung nach sehr merkwürdiges Geschöpf. Wenn sie schlechte Laune hatte, ließ sie es an einem aus, ohne dabei ihre Wortwahl zu filtern. Man bekam ihre Stimmungsschwankungen voll ab und bekam nie von ihr die ganze Wahrheit erzählt.

Da man uns auch noch die Abschlussfeier abgesagt hatte, wurde unsere Klassengemeinschaft vollends auseinandergerissen.

Der Kontakt zu meinen Mitschülern schwand. Sei es geschuldet durch das abrupte Ende der Schulzeit oder dadurch, dass nach der Schule sowieso jeder seines Weges geht.

Die Freundschaft zu Tim und Marc bestand noch, zumindest formal. Marc rief gelegentlich an oder schrieb whatsapp.

Tim fuhr noch ein paar mal mit seinem Käfer an meinem Haus vorbei und klingelte, fragte ob ich da sei, hatte aber dann nie lange Zeit etwas zu unternehmen.

Von der Polizei hörte man gar nichts mehr. Es gab einfach keine neuen Informationen. Die Wasserschutzpolizei in Finnland fand nichts. Keine Hinweise, keine Leiche. Von der Anzeige gegen mich hatte ich auch keine Rückmeldung. Ich stellte mir die Frage, ob Nellis Vater diese tatsächlich erstattet hatte.

Ich brauchte etwas Abstand zu allem. Ich hatte mich weit weg an der Uni von Greifswald zum Zahnmedizinstudium beworben und war genommen worden. Dies war eigentlich mein Plan B gewesen. Ich hätte Architektur bevorzugt, irgendwie hatte es jedoch mit den Unis nicht geklappt, bei denen ich mich beworben hatte und so kam ich stattdessen zu diesem Studium.

Die lauen Spätsommernächte in Greifswald waren schön. Und nachdem ich tagsüber mein Gewissen mit Minimal-Lerneinsatz beruhigt hatte, zog ich meistens abends mit Kommilitonen um die Häuser. Ich erzählte niemand etwas über meine Vergangenheit oder was sich auf der Abschlussfahrt in Finnland ereignet hatte.

Hier war ich ein neuer Mensch mit einem neuen Leben. Und ich vermisste nichts.

Tillman hieß ein neuer Freund hier. Er sprach nicht viel, war sehr in sein Informatikstudium vertieft, jedoch setzte er alle Energie daran, mich auf unseren Kneipengängen mit der tschechischen Austauschstudentin Lenka zusammenzubringen. Aus unseren regelmäßigen After-Work Treffen in den Kneipen der Stadt wurden weniger regelmäßige Treffen. Die Austauschstudentin Lenka schien auch nur mäßig an mir interessiert. So war ich auch nicht überrascht, als sich eines Tages herausstellte, dass sie zuhause, in Ostrava, bereits einen Freund, das heißt, besser gesagt, 2 Freunde hatte, zwischen denen sie sich entscheiden musste. Der eine sei ihr Ex-Freund gewesen, mit dem sie jetzt wieder 'zu tun' habe und der andere der neue Freund. Dies hatte sie uns an einem Abend, an dem sie angetrunken war, erklärt. Dabei hatte sie sich verlegen an der Schläfe gekratzt.

Natürlich wussten die beiden Herren nicht voneinander. Lenka sagte, dass sie sich bald entscheiden wolle, aber an beiden sehr hinge. Tillman hatte ihr erklärt, dass sie dafür in die Hölle komme. Lenka fand dies nicht lustig, so dass sie von nun an nie wieder an unseren Treffen teilnahm.

Tim kam für ein Wochenende zu Besuch. Es war ganz nett. Jedoch je länger wir da saßen, desto weniger Gesprächsstoff hatten wir.

Wir griffen deshalb auf Themen aus unserer gemeinsamen Schulzeit zurück. Marc oder Freddy kamen nie zu Besuch.

Hin und wieder kam ein 'Care'- Paket von meiner Mutter an, mit Dingen, die ich laut ihr immer gerne gegessen hätte. Ich musste die Päckchen meist am nächsten Tag bei der Postfiliale abholen, da mich der Austräger nie zuhause antraf.

Als die Tage kürzer wurden, der Herbst und der Winter kamen, zog ich mich immer mehr in meine Studentenbude hinter den Schreibtisch zurück. Ich versuchte mich jetzt auf das Studium zu konzentrieren. Ich ging nur noch selten aus, vergammelte Zeit in meinem Zimmer und zerfloss in Selbstmitleid, gepaart mit Langeweile. Ich erlebte die Tage gar nicht mehr einzeln. Ganze Wochen, Monate, Jahreszeiten zogen an mir unbemerkt vorbei und wurden nicht beachtet. Zu Weihnachten verließ ich Greifswald mit dem Fernbus, um meine Familie zu besuchen und kehrte nicht mehr in diese Stadt zurück. Ich hatte zu Neujahr beschlossen doch noch den Studiengang zu wechseln. Ich hatte beschlossen, doch Architektur zu studieren.

Da ich zum Sommersemester nicht anfangen konnte und mit Studienbeginn auf das Wintersemester warten musste, zog ich wieder im Hotel Mama ein. Meine Eltern waren darüber sehr unglücklich. Meine Mutter kam regelmäßig mit Vorschlägen in meinem Zimmer vorbei, was ich denn tun könne.

Ich wollte mich irgendwo in Norddeutschland einschreiben.

In Hamburg sollte es losgehen. Die Hansestadt gefiel mir sehr gut, da ich Städte liebe, die am Wasser gebaut sind. Ich beschloss mich dort schon einmal nach Wohnungen umzusehen, damit es zu Studienbeginn nicht so ein Stress würde. Ich hatte mich als Aushilfe bei einem Café am Bahnhof Altona beworben, um etwas Geld in meine leere Kasse zu spülen. So packte ich zuhause wieder meine sieben Sachen in einen Karton und zog das 2. Mal von zuhause aus. Die Wohnungssuche in Hamburg gestaltete sich bedeutend schwieriger, als die in Greifswald. Ich fand jedoch eine Bleibe bei einem schrulligen Rentnerpärchen im Souterrain. Die Wohnung war sehr dunkel, da sie große Tannen im Garten hatten, die das Licht, das durch die kleinen Bodenfenster hätte kommen können, nahezu verdeckten. Jedoch für den Anfang sollte die Wohnung es tun. So zog ich nach Hamburg.

Als ich dann den Umzug dorthin vollbracht hatte, kamen mir schon wieder erste Zweifel, ob dies eine kluge Entscheidung gewesen sein. Ich ging hin und wieder als Gasthörer in ein paar Vorlesungen, um mich schon mal mit der Materie vertraut zu machen. Ich saß hinter den alten Holztischen der Universität und hörte den Professoren zu. Es kam schon wieder der Mai und der Juni und die ganzen Insekten vor dem Fenster betrachtend, schweiften meine Gedanken wieder einmal ab.

Es war jetzt bald 1 Jahr her, dass Nelli verschwunden war. Meine Gedanken kreisten die folgenden Tage immer wieder um sie. Ich recherchierte einige Dinge über Lappland und googelte in sozialen Netzwerken. Ich wollte persönlich dort hin und sehen, ob ich eine Spur von ihr finden würde. Und so kam es, dass ich mir im Internet ein Ticket mit Finnair von Hamburg via Helsinki nach Kemi buchte.

Luku 10
Lappland

Mit einem Ruck setzten die Räder des Regionaljets auf der Schwelle der Landebahn in Kemi auf. Die Kabine vibrierte von der Schubumkehr. Nach einem Zuckeln kam die Maschine auf der kurzen Bahn zu stehen und bog dann auf das kleine Vorfeld ab.

Es dauerte gefühlt eine halbe Ewigkeit, bis die Flugzeugtüre geöffnet wurde. Die meisten der Insassen der halb voll besetzten Maschine drängten an meiner Sitzreihe vorbei, als hätten sie etwas zu verlieren. Als der Weg frei war, stand auch ich auf.

„Kiitos", bedankte ich mich bei den Stewardessen.

„Näkemiin! Kiitos!", kam zurück.

Ich stieg die kleine Treppe herab, die sie ans Flugzeug gefahren hatten. Draußen roch die Luft sehr frisch und sauber. Die Sonne strahlte und brannte erstaunlich stark auf meiner Haut. Ich hatte mir die Temperaturen in Lappland im Sommer bedeutend niedriger vorgestellt. Ein leichter Windhauch ging. Außer der Linienmaschine aus Helsinki war der Flugplatz leer. All die Flughafenmitarbeiter taten sehr beschäftigt, als ob sie gleich mehrere Airlines abfertigen müssten, dabei schienen sie wohl eher nur auf diesen einen Flug gewartet zu haben. Dieser Eindruck bestätigte sich dann auch, als ich die Flughafenhalle betrat. Auf der Anzeigetafel stand unter 'Arrivals' unser Flug aus Helsinki und unter 'Departures' mit anderer Flugnummer der Rückflug nach Helsinki. Nach einiger Zeit tauchte auf dem Gepäckband meine schwarze Tasche auf. Ich griff sie und schulterte sie an dem Umhängegurt. Kurz vor dem Ausgang fand ich an der Wand 2 Papierfahrpläne angeheftet.

Das eine schien eine normale Buslinie zu sein mit einem Endhalt in Kemi. Der andere Bus fuhr erst direkt nach Kemi Busstation und dann weiter nach Tornio, der Stadt, die an der schwedischen Grenze lag. Ich versuchte die Logik des Fahrplans zu verstehen, der sich durch so viele Sonderzeichen

'~   ∧   *   ^   ‖'

und finnische Erläuterungen nicht einfacher darstellte. Da ich nicht schlauer wurde und die meisten anderen noch am Gepäckband auf ihre Koffer zu warten schienen und ich somit gerade niemand fragen konnte, beschloss ich einfach nach draußen zu gehen und es auf gut Glück zu versuchen.

Ein einsam stehendes Taxi öffnete die Türe. Es schaute der Fahrer hoffnungsvoll heraus und murmelte:

„Tornio?"

Ich winkte ab und stellte mich an das verrostete Schild der Bushaltestelle. Es stand kein Bus da. Nach und nach kamen die Passagiere des Fluges aus der Halle. Es kamen etliche Autos angefahren. Die meisten schienen sich abholen zu lassen. Die Begrüßung durch ihre Verwandten und Bekannten war überherzlich. Dann fuhren die Wagen ab. Auch das Taxi war jetzt verschwunden. Ich schaute auf die Uhr. Es war 16:30 Uhr. Wir waren um 15:25 Uhr gelandet. Kein Bus in Sicht. Als ich hinter mir Turbinengeräusche hörte und der Jet zurück nach Helsinki abhob, stellte ich mir die Frage, ob es die richtige Entscheidung gewesen war, das Taxi wegzuschicken.

Gerade, als ich am Überlegen war, wie weit es zu Fuß nach Kemi sei, hörte ich das Geräusch von breiten Gummireifen auf mit Resten von Rollsplitt bedeckter Straße. Ein alter dunkelgrün lackierter Linienbus bog um die Ecke und machte an der Haltestelle seinen Stopp. Die Türe ging auf. Ich fragte den Fahrer, ob dies der Bus nach Kemi sei.

„Kemi, Kemi!", wiederholte er langsam.

Auf meine Frage wie viel es kostet, antwortete er auf finnisch. Auf mein Nachfragen streckte er 4 Finger in die Luft. Zum Glück hatte man in Finnland €uros und ich konnte ihm direkt 2 Münzen aus meinem Portemonnaie geben. Die Türe schloss sich hinter mir mit Schwung und die Druckluftbremse des Busses zischte. Er fuhr los. Trotz des späteren Nachmittags hier oben war es sehr hell. Ich schaute immer wieder auf mein iphone, da meine innere Uhr sehr irritiert war.

Die Luft war sehr stickig im Bus. Ich zog an einem der Kippfenster des Busses, bis dieses mit einem lauten Klacken aufging. Der Fahrer beobachtete mich misstrauisch durch den Innenspiegel. Der Bus fuhr an den meisten Haltestellen vorbei, hielt nur selten. Wenige, meist ältere Fahrgäste stiegen ein und aus. Schließlich war ich wieder ganz alleine im Bus. Ich schaute auf meinen Zettel, auf dem ich mir die Strasse des Hotels aufgeschrieben hatte, das ich in Kemi gebucht hatte. Gerade als ich unsicher wurde und nochmals nachfragen wollte, kam der Bus mit einem Ruck zum Stehen. Der Fahrer drehte sich um.

„Kemi", gab er von sich.

Er öffnete alle Türen.

„Kiitos",murmelte ich und stieg aus.

Der Busbahnhof von Kemi bestand aus einer blau lackierten Wellblechhalle, welche einen Schalter und einen Wartebereich beherbergte. Am hinteren Ende war eine kleine Laderampe montiert.

Hier wurden anscheinend kleine Frachtgüter für die Überlandbusse verladen. Der Fahrer klappte in seinem Bus kopfschüttelnd das Kippfenster, das ich geöffnet hatte, mit einem lauten Schlag zu. Er murmelte etwas vor sich hin. Vielleicht hatte ich seine nicht funktionierende Klimaanlage durch das Öffnen des Fensters beeinträchtigt.

Ich startete jetzt die Navigations-App auf meinem Handy und kopierte die Adresse des Hotels von der Reservierungsbestätigung ein.

Mir wurde ein relativ einfach aussehender Fußweg mit Abkürzung über einen Parkplatz eines kleinen Einkaufcenters angezeigt.

Kemi schien sehr klein und quadratisch in Blöcken gebaut. Ganz wie ein amerikanisches Dorf. Mir fiel auf, dass kaum Leute auf der Straße waren. Ich lief los. Hin und wieder kam ein Auto vorbei. Wenn ich einem Passanten begegnete, nickte ich freundlich.

Ich überquerte eine kleine Kreuzung. Der Zebrastreifen und der Asphalt hatten tiefe Kratzspuren. Diese waren mir schon auf anderen Straßen in Kemi aufgefallen. Der Grund hierfür mussten die Schaufeln der Schneepflüge sein, die in den langen Wintern bei tiefen Temperaturen Schnee und Eis von der Straße schoben. Zumindest legte ich mir diese Lösung in meinem Kopf zurecht.

Vor mir sah ich einen Parkplatz mit Tankstelle und einem Restaurant einer lokalen Fastfoodkette. Daneben ein Gebäude mit Wellblechdach, in dem ein Supermarkt, ein Schuhgeschäft und noch wenig andere Läden vereint waren. Das musste das Einkaufszentrum sein. Tatsächlich waren hier ein paar mehr Finnen unterwegs, als ich bisher im Ort angetroffen hatte.

Ich ging quer zwischen Tankstelle und Supermarkt vorbei und trat nach 300 Metern vorbei an Tannen und einem Kiesweg auf eine kurze Straße. Auf der gegenüberliegenden Seite stand ein Gebäude mit einem Mobilfunksendemast an der Fassade.

'Hotelli' als Leuchtreklame an der Seite. Das zweistöckige Gebäude war im 1. Stockwerk mit weißen Wolken und babyblauem Himmel bemalt. Ich trat in die Lobby durch eine alte automatische Schiebetüre ein. Der rechte Teil der Schiebetüre schabte am Boden und verfing sich dann in der Fußmatte. Die Türe versuchte sich immer wieder zu schließen.

Die Rezeption war zunächst nicht besetzt. Jedoch kam sehr schnell ein Angestellter aus dem Hinterzimmer, als ich mich dem Tresen näherte. Ich schaute nach rechte oben und erkannte eine Überwachungskamera, die an einer schwarzem Halterung an der Wand befestigt war. Der Rezeptionist sprach mich sofort auf Englisch an.

„Will you stay with us tonight? And do you have a reservation?", fragte er.

Ich faltete meine DIN-A-4 Zettel auf, auf welchem ich meine Buchung ausgedruckt hatte und legte sie ihm auf den Holztresen. Ich fuhr mit der Handseite darüber um sie glatt zu streichen.

„As a matter of fact I do", gab ich von mir.

Der Mann mit den kurz geschorenen, blonden Haaren, zeigte sich sehr erfreut und griff gleich hinter sich an ein Schlüsselbrett und händigte mir den Schlüssel für ein Zimmer im 1. Stock aus. Er erklärte mir, dass ich mein Zimmer ja schon vorab gezahlt hätte und er momentan keine Kreditkarte von mir benötige.

Er erklärte, wann und wo das Frühstück stattfände und wie ich zu meinem Zimmer komme. Des weiteren sagte er mir, dass die Zimmer zwar mit einem kleinen Kühlschrank ausgestattet seien, jedoch keine Minibar besäßen. Er lobte jedoch die Nähe zum Supermarkt, wo ich mir ja etwas holen könne, beziehungsweise dem Shop der Tankstelle, die 24 Stunden geöffnet sei. Um mir den Weg dorthin zu erklären, holte er einen Gratis-Stadtplan heraus und begann darauf mit Kugelschreiber das Hotel einzukreisen. Ich winkte ab und gab ihm zu verstehen, dass ich den Supermarkt bereits kenne. Bei dieser Gelegenheit fragte ich ihn jedoch, wo man erstens hier baden gehen und zweitens, wo man hier langjährige Bewohner von Kemi antreffen könne. Ich fragte ihn auch, ob er zufällig Nelli, beziehungsweise ihre Großeltern kenne.

Er schaute erst etwas skeptisch, verneinte dann meine Frage über Nelli und ihre Großeltern und zeichnete mir dann sehr langsam und genau den Weg zu einem See ein. Hier könne man sehr angenehm schwimmen.

„And you might not be the only one who is out there today. It's a very popular place. Probably almost the whole town will be there today."

Zum Thema Bewohner treffen, schlug er mir vor, am nächsten Tag den Gottesdienst in der Holzkirche im skandinavischen Baustil zu besuchen. Auch den Weg dorthin zeichnete er mir ein. Ich bedankte mich, schulterte meine Tasche wieder und begab mich zur Treppe in den 1. Stock.

Ich lief den Gang entlang bis zu meinem Zimmer. Ich ließ die Tasche zu Boden sinken. Ich hatte meine Hände voll mit allerlei Dingen: dem nicht wieder zusammen gefalteten Stadtplan, meinem Handy, meinem Portemonnaie, dem Zimmerschlüssel... und war nicht sofort in der Lage das Zimmer aufzuschließen.

Ich steckte mir Handy und Portemonnaie in die Gesäßtasche meiner Jeans und schloss das Zimmer auf.

Drinnen standen 2 separate Betten mit einer grünen Tagesdecke überzogen. Ihnen gegenüber stand ein nussbrauner Schreibtisch mit silbernem Abfallbehälter und einem ovalen Spiegel darüber. Neben der Eingangstüre war eine offene Garderobe. Die metallenen Kleiderbügel schwangen hin und her von dem durch mein Eintreten verursachten Wind. Sie klangen wie ein Glockenspiel. Ich schloss die Türe hinter mir und stellte meine Tasche auf einem der Betten ab. Ich ging zum Fenster und schob die dünnen, weißen Vorhänge beiseite. Draußen konnte ich, also auf der Rückseite des Hotels, einen mittleren, kleinen aufblasbaren Pool sehen, in dem kleine Kinder planschten. Ich öffnete das Fenster, um etwas Luft hereinzulassen.

Da es jetzt schon am frühen Abend war, beschloss ich nicht weiter Zeit zu verschwenden und mich nur kurz frisch zu machen, um dann gegebenenfalls noch schwimmen zu gehen.

Ich zog mein T-Shirt aus, streifte die Schuhe von meinen Füßen und ging 3 Schritte auf Socken rückwärts.

Ich griff nach dem alten Drehknauf der Badezimmertüre. Ich hasste Drehknäufe, insbesondere an Klotüren. Tausendmal mit ungewaschenen Fingern angefasst und niemals vom Zimmermädchen geputzt. Ich öffnete die Türe und tastete an der weiß gekachelten Wand nach dem Lichtschalter. Ich fand einen amerikanischen Kippschalter vor.

Das Neonlicht flackerte an der Decke hinter einer Halterung aus braunen Plastikwaben auf. An dem Spiegel klebte ein alter Metallsticker, auf dem etwas auf Finnisch stand. Das Waschbecken war aus weißem Plastik und hatte ein paar eingeschweißte Seifen und gefaltete Waschlappen darauf liegen.

Unter dem an der Wand montierten Dusch-kopf stand eine freistehende Badewanne aus Metall, deren Abflussrohr offen über einem ebenerdig im Boden liegenden Ablauf hing.

Der Duschvorhang war aus braunem Stoff, schien aber neu zu sein.

Etwas grummelte aus der Wand. Es schien jemand in einem Nebenzimmer zu duschen. Die Person schien ein Wassersparer zu sein, denn sie machte ständig die Dusche zwischendurch an und aus, was zu einem Klacken in den Leitungen in der Wand führte.

Der Wasserspiegel in der Toilette wippte und schwankte auf und ab. Plötzlich spritzte mir eine Ladung Toilettenwasser entgegen.

„Toll, mitten ins Gesicht. Das gibt's doch alles gar nicht!", schimpfte ich laut vor mich hin und griff blind nach einem der Handtücher von der Stange.

Ich ging zum Waschbecken und wusch mir das Gesicht. Als ich mir das Gesicht abtrocknete und mich dabei im Spiegel sah, fragte ich mich:

„Was machst du bloß hier?"

Ich war mir auf einmal nicht mehr sicher, was ich mit dieser Reise eigentlich bezwecken wollte. Ich stand eine Weile regungslos vor dem Spiegel und drückte an einem Pickel in meinem Gesicht herum.

Dann verließ ich das Bad, ging zum Bett, öffnete meine Tasche und sprühte mir reichlich Deo unter die Achseln. Ich beschloss das Beste aus meinem Ausflug hierher zu machen. Ich kruschte nach meiner Badehose und fand sie auch schnell.

Ich ließ meine Wertsachen auf dem Zimmer, packte nur ein Badetuch in den Plastikwäschesack, der in der Garderobe hing und für den Reinigungsservice des Hotels gedacht war.

Ich zog meine Badehose direkt an, zog die Socken aus und meine Sneaker an.

Ich griff nach dem Stadtplan und meiner Sonnenbrille und verließ das Zimmer. Als ich an der Rezeption vorbeiging, gab ich den Zimmerschlüssel bei dem Rezeptionisten ab, der freundlich nickte.

Ich schlurfte über den Asphalt der Straße und bog wie auf der Karte eingezeichnet ab in einen kleinen Park. Zumindest war dies früher mal ein Park gewesen, denn in dem Rondell vor den Bänken wucherte nur Wildwuchs aus dem Boden.

Ich trat auf der andern Seite an eine Straße und gelangte ziemlich schnell an den kleinen See. Der See lag in einer Bucht und war sehr geschützt. Es sah sehr idyllisch aus. Wasser plätscherte über einen kleinen Felsen hinein. Auf einer Seite hatte der See ein kurzes Kiesufer, auf der anderen Seite endete der

See in einem undurchschaubaren Dschungel aus Schilfpflanzen.

Schon hörte ich Stimmengewirr von etlichen Jugendlichen.

Diese standen und lagen teilweise mit jeweils einer Flasche Bier in der Hand auf dem kleinen, steinigen Uferabschnitt herum und unterhielten sich. Andere machten Fotos von sich. Auf dem Boden standen ganze Batterien von Alkohol. Neben Bier gab es Whiskey, Hard Cidre, Wodka und Rum.

Ich überlegte eine Weile. Dann holte ich mein Handtuch heraus und breitete es an einer ebenen stelle des Ufers aus. Die Jugendlichen schenkte mir nicht weiter Beachtung und ließen mich auch in Ruhe.

Ich zog mein T-Shirt aus und legte mich auf den Rücken. Ich schaute in den blauen Himmel und seufzte leise:

„Ach ja".

Mit einem Mal vernahm ich ein Gezeter. Ich richtete mich auf und stützte mich auf die Ellenbogen. Ich blinzelte gegen die Sonne und erkannte schließlich zwei ältere Frauen, die eine davon mit einem Krückstock, die energisch mit den Jugendlichen schimpften.

Ich konnte so gar nicht verstehen, um was es ging, als die Alte jedoch auf die Flaschen mit Whiskey deutete, kam mir eine Ahnung.

Einer der Jugendlichen kläffte zurück, ein anderer versuchte die Rentnerinnen mit gelassener Stimme wohl zu beschwichtigen.

Die Reaktion beider führte dazu, dass die Frau nur noch mehr redete und schließlich mit den Worten:

„Poliisi, Poliisi" verschwand.

Ich überlegte mir, ob das hier jetzt irgendwelche Auswirkungen auf mich haben würde, beschloss jedoch, dass ich ja nichts mit denen zu tun hätte und ging ins Wasser zum Baden.

'Huh!', der See war gar nicht so warm, wie ich mir gewünscht hatte. Kaum hatte ich mich warmgeschwommen, quietschten die Reifen von 2 Polizeiwagen am Uferrand. Aus dem einen Wagen stiegen 2 Männer aus, in dem anderen blieben sie sitzen. Einer der Männer im Wagen griff zum Funkgerät.

Die Polizisten kamen auf die Jugendlichen zu. Ich konnte das Namensschild des einen erkennen. Officer Niemi trug an seinem Gürtel rechts und links 2 Knarren und hinten einen Taser.

Jetzt war der Moment gekommen, an dem ich mir gewünscht hätte, bereits gegangen zu sein. Ich schwamm langsam und vorsichtig ans Ufer und stieg aus dem Wasser.

Der Officer baute sich vor den Jugendlichen auf. Der 2. Polizist stellte sich so in den Weg, dass niemand abhauen konnte.

Es lag Spannung in der Luft.

Anstelle des zu erwartenden Ärgers, der Festnahmen und Räumung des Ufers, begann Officer Niemi mit ruhiger und deutlicher Stimme zu den Jugendlichen zu sprechen. Er machte dabei eine ausholende, kreisende Handbewegung um die Alkoholika herum.

Nach Ende seiner Rede nickten die Jugendlichen. Er stellte ihnen Fragen.

Ich zog mir mein T-Shirt an und rollte mein Handtuch zusammen.

In diesem Moment kam er auch zu mir und stellte mir Fragen.

Ich erklärte ihm, dass ich kein Finnisch spreche.

Er erklärte mir auf Englisch, dass es an diesem See immer wieder Personen gegeben habe, die ertrunken seien und er aufgefordert hätte, den Alkohol unverzüglich vom Strand zu entfernen. Wenn alle vernünftig seien, könnten sie bleiben, erklärte er mir.

„What brings you to Kemi?", wollte er wissen.

Ich zögerte, erzählte ihm schließlich eine Kurzversion von Nelli und fragte ihn, ob er die Familie kenne.

„Oh yes!", sagte er.

Er fragte nach meinem Namen und sagte, ich solle morgen mal bei ihm auf der Wache vorbeischauen. Er habe von dem Fall gehört, er könne es aber nicht so zwischen Türe und Angel besprechen. Der andere Polizist hörte uns zu und fragte ihn etwas.

„No, there's not a problem! Keine Problem!", gab Niemi von sich und verabschiedete sich.

Ich schlappte zurück Richtung Hotel. Mich juckte es auf einmal. Ich betrachtete meine Arme und Beine und fand ein dutzend Einstiche von Moskitos vor. Ich erinnerte mich an denn tanzenden alten Mann auf dem Schiff, der von den vielen Mücken in Lappland gesprochen hatte und sein T-Shirt ausgezogen und gerufen hatte:

„Fresst mich doch alle auf!"

Ich ging auf mein Zimmer und zog meine Badesachen aus und nahm eine Dusche. Im Badezimmer hing eine Dampfwolke. Auf dem beschlagenen Spiegel war etwas auf Finnisch geschmiert. Ich betrachtete den Satz ein kurzen Moment. Da ich ihn aber nicht verstand, beschloss ich ihn zu ignorieren und wischte mit meinem Handtuch darüber, um mich auch selbst im Spiegel sehen zu können.

Ich strich mir etwas Gel in die Haare und zog ein kurzärmliges Sommerhemd an. Ich sprühte mir reichlich Deo unter die Achseln, steckte Handy und Geldbeutel in die

Hosentaschen und machte mich auf, in die Stadt zu laufen. Ich hatte jetzt ordentlich Hunger und wollte mich zudem etwas in Kemi orientieren.

Ich lief die Straße hinunter in den Ort hinein.

Die Häuschen wirkten nach wie vor wie ausgestorben. Ich fand ein kleines Restaurant in einer der Gassen. Ich trat auf die Betonstufe, die zu der Türe des Holzhäuschens führte.

Ich sah durch die Scheiben hinein und konnte sehen, dass es völlig leer war. Als ich mich bereits umdrehte, um gleich wieder zu gehen, wurde die Türe aufgerissen und der Inhaber stand vor mir.

„Eat or Drink?", fragte er.

Er schien sofort erkannt zu haben, dass ich ein Tourist sein musste, denn er versuchte es erst gar nicht auf Finnisch.

Er hielt mir eine Speisekarte unter die Nase.

„Just looking", sagte ich und schob noch ein „maybe later" hinterher.

Ich lief die Straße herunter zu einem Hafen. Schon beim Näherkommen konnte ich hören, dass sich hier viele Menschen aufhielten. Ich ging über einen kleinen Platz und konnte ein Schiff sehen, welches geschmückt war und wohl als eine Art Schiffsrestaurant oder Schiffskneipe fungierte. Ich fühlte mich ziemlich platt und hatte einen Riesen Kohldampf.

Es handelte sich um einen alten Schaufelraddampfer, dessen Schaufelräder mit Blumenkästen besetzt waren.

Die Leute saßen in der Schiffskabine sowie auch oben auf dem Deck und tranken Bier oder Wein und aßen irgendwelche kleineren Gerichte. Ich ging über den Holzsteg an Bord. Dabei wurde ich kurz von den Einheimischen beäugt und dann wurde mir freundlich zugenickt.

Der Kellner sagte zu mir etwas auf Finnisch und zeigte mir dann gleich einen kleinenTisch an der Ecke, der wohl, so wie ich verstand, der einzig noch freie Platz auf dem Boot war. Ich nahm Platz und stellte zu meiner Zufriedenheit fest, dass die Speisekarte auch eine kursiv gedruckte Übersetzung auf Englisch beinhaltete.

Ich entschied mich für einen Lachsburger mit Salat und bestellte ein Glas Rotwein. Der Tisch, an dem ich saß, war festgeschraubt und die hölzerne Tischplatte verlor ihren Lack. Auf dem Tisch war ein kleines silbernes Eimerchen mit Topfpflanze zur Dekoration platziert.

Die Speisekarte war laminiert und an einem Clip am Tisch befestigt. Der Kellner nahm meine Bestellung mit den Worten

„of course" auf und brachte nach kurzer Wartezeit den Burger und das Glas Rotwein.

Ich schaute den Burger an. Der Lachs schien von guter Qualität zu sein und war angebraten. Als ich hineinbiss, rief ein Mann vom Nachbartisch

„Guten Appetit!"

„Danke", gab ich mit vollem Mund von mir.

Als ich den ersten Schluck Rotwein getrunken hatte, merkte ich, wie müde ich war. Um das Schiff herum fand wohl eine Art Hafenfest statt. Zumindest waren alle Schiffe dekoriert und der Platz am Hafen war auch geschmückt.

Nachdem ich schon fast fertig gegessen hatte, drehte sich der Mann, der mir den 'Guten Appetit' gewünscht hatte, nochmals um.

„Was bringt Sie nach Kemi?", wollte er wissen.

Ich räusperte mich und schluckte den letzten Bissen des Burgers herunter, bevor ich ihm antwortete.

„Ich bin auf der Suche nach einer alten Freundin", sagte ich.

„So, so, eine alte, gute Freundin, sagte er.

„Woher sprechen Sie so gut Deutsch?", fragte ich.

„Früher haben hier viele Deutsch gesprochen", erklärte er mir und fragte weiter:

„Woher kommen Sie denn? Deutschland, Österreich oder der Schweiz?"

„Deutschland."

Ich wischte mir den Mund mit der grünen Papierserviette ab.

„Und wie heißt ihre Freundin?"

„Nelli. Sie war genau genommen meine Klassenkameradin. Ich habe den Kontakt verloren, als sie plötzlich verschwand."

Ich hielt meine Antwort für eine diplomatische Aussage, die nicht zu viel sagte, aber auch nichts verschwieg.

„Die kleine Nelli, die nach Deutschland ist!", rief er.

„Ich sehe, sie kennen sich hier", sagte ich.

„Natürlich kennen wir uns alle hier. Kemi ist ein kleines Städtchen in Lappland, was denken Sie denn!"

Der Kellner kam und fragte mich, ob er mir noch etwas bringen könne. Ich verneinte und er legte mir die Rechnung hin und verschwand gleich wieder.

Ich kramte in meinen Hosentaschen nach Bargeld.

Der Mann vom Nachbartisch stützte sich auf die Holzrückenlehne seiner Bank. Er verdrehte seinen Rücken und fragte:

„Wie ist der werte Name?"

„Sie meinen, wie ich heiße? J..., Jacob", gab ich von mir.

„Jacob! Ich verstehe. Mein Name ist Stieg", sagte der Mann.

„Stieg, ist das nicht ein schwedischer Name?"

Jetzt kam der Kellner mit der Rechnung. Er hatte ein Kreditkartenlesegerät dabei.

„Oh Creditcards accepted?", fragte ich.

„Creditcard payment preferred", antwortete er. Ich gab ihm meine Karte und während er abrechnete, redete der Mann, der Stieg hieß, schon weiter:

„Wir sind hier oben an der Grenze alle ein bisschen vermischt, wissen Sie. Oder darf ich 'Dü' sagen?"

„Du geht auch", antwortete ich. Ich erinnerte mich, dass man 'Du' im schwedischen wie 'Dü' aussprach.

„Do you need a receipt?", wollte der Kellner wissen. Ich schüttelte den Kopf und er verschwand.

„Wir sind hier Finnen, wir sind hier Schweden, wir sind Schweden, die schwedische Sprache mit finnischem Singsang sprechen oder Finnen, die einen starken schwedischen Akzent haben", erklärte er.

„Aha, ist ja interessant."

„Ja, ja, interessant", sagte er.

„Bist Du mit Nellis Großeltern näher bekannt oder mit Familienangehörigen zur Schule gegangen?", fragte ich, um bei diesem Thema weiterzukommen.

„Ja, nicht direkt. Wie gesagt, man kennt sich hier in Kemi, aber nicht so gut wiederum. Ich habe mal mit dem Großvater gearbeitet. Arbeitskollegen sagt man. Richtig?"

Er schaute zu seinen Freunden, die mit ihm am Tisch saßen, doch diese nahmen an unserer Konversation nicht teil und führten ihre eigene.

„Jedenfalls war Kemi früher ein wohlhabenderes Städtchen, als es heute ist." Er machte eine Handbewegung und zeigte Richtung Wald.

„Hier gab es eine große Papierfabrik und eine chemische Industrie. Die eine hat geschlossen und die andere vegetiert noch vor sich hin. Etliche Bewohner sind arbeitslos heute. Die Auswahl an Jobs ist nicht gerade üppig", sagte er.

„Ich verstehe", gab ich wieder von mir.

„Und du hast mit Nellis Großvater in der Papierfabrik gearbeitet?"

Er schob sich ein Beutelchen Snus, der in Finnland und Skandinavien verbreiteten Form von Kautabak, hinter die Oberlippe und spuckte einmal über Bord.

„Exakt!", sagte er.

Er schaute mich forschend an. Dann zuckte er mit den Schultern.

„Ich habe eigentlich keinen Kontakt mehr. Ich habe die Korhonens auch schon ewig nicht mehr gesehen. Aber wenn du sie treffen möchtest, dann findest du sie bestimmt morgen in der Kirche. Dort geht der alte Korhonen immer hin und verpasst nie eine Messe. Fängt morgen um halb 11 Uhr an."

Korhonen. Ich hatte den Nachnamen das erste Mal gehört. Das lag ja sicherlich auch daran, dass Nelli den Nachnamen ihres Vaters hatte. Winkler.

Ich steckte meine Kreditkarte wieder in meine Hosentasche, da ich ich sie immer noch in der Hand hielt. Stieg schaute wieder zu seinen Kumpels rüber, klopfte dann auf den Tisch und sagte mir:

„Viel Erfolg!"

Er verrenkte sich noch einmal und schüttelte meine Hand. Einer seiner Tischnachbarn, mit langem Bart und Hut, nickte zu mir herüber und sagte:

„Enjoy yourself, son!"

Luku11
Augenblick

Ich verließ das Schiffsrestaurant und hielt mich an der Seilkordel fest, als ich über den kleinen Holzsteg das Boot verließ. Ich schlurfte langsam über den Dorfplatz und merkte, dass ich mich sehr erschöpft fühlte. Es war noch warm und die Sonne schien. Ich fragte mich, wie spät es jetzt war. Ich wollte unbedingt bis zum späteren Abend noch draußen herumlaufen und die Zeit hier ausnutzen.

Die Uhr auf meinem Handy zeigte 1 Uhr nachts an. Ich blieb stehen und schaute mich um, ob das stimmen konnte.

Die Sonne schien, als wäre es am Nachmittag. So langsam begann ich zu verstehen, warum ich mich so ausgepowert fühlte. Meine innere Uhr jedoch sagte mir, dass es noch nicht Zeit zum Schlafen war.

Ich lief durch die Strassen und schaute mir das Städtchen an. Es kamen mir vereinzelt noch Menschen entgegen, jedoch schienen sie nach Hause zu gehen. Eine Hummel summte in der Luft. Ich setzte mich auf eine Holzbank an einer Kreuzung und stützte die Hände auf die Holzbretter. Ich ertappte mich selbst, wie ich sinnlos auf das Gras, das am Fuße der Bank wuchs, starrte. Da ich mir eingestand, dass ich wirklich ziemlich fertig zu sein schien, beschloss ich zum Hotel zurückzukehren, um eine Nase voll Schlaf abzubekommen.

Der Nachtportier stand von einem braunen. Ledersessel in der Lobby auf, um mir die Türe zu öffnen. Ich verlangte nach meinem Schlüssel und ging auf mein Zimmer.

Ohne mich weiter auszuziehen legte ich mich in voller Montour auf das Bett. An den Vorhängen schien an den Seiten Licht hinein.

Genervt stand ich auf und versuchte den Spalt zwischen den Vorhangteilen zu schließen. Dadurch wurde die Lücke an den Seiten zu den Wänden größer. Ich zuppelte an dem Vorhang hin und her, gab es dann auf und legte mich wieder auf mein Bett.

Kurze Zeit später stand ich wieder auf, tat durch ein Stöhnen kund, wie sehr mich das Licht im Zimmer störte und ging ins Badezimmer, um mir das große Handtuch zu holen. Vielleicht konnte man es ja zum Abhängen der Lichtquelle gebrauchen.

Wenig später hatte ich aus einem Sammelsurium von Handtüchern, meiner Jacke und weiteren Klamotten eine Konstruktion an dem Vorhang montiert, welche das Zimmer dunkler machen sollte. Zu guter letzt zog ich mir noch meine Hose aus und drapierte sie über der

Vorgangstange. Es drangen noch immer Sonnenstrahlen herein.

Ich warf mich auf mein Bett und drehte mein Gesicht zur Wand. Ich weiß nicht, wie lange ich dort lag, jedenfalls konnte ich kein Auge zutun. Ich wälzte mich im Bett umher. Ich konnte einfach nicht einschlafen. Ob es die weiße Sommernacht war oder meine Reise an sich, konnte ich nicht feststellen. Meine innere Uhr sagte mir immer noch, dass es Tag war. Ich schaute immer wieder auf mein Handy.

Um 3 Uhr verspürte ich ein deutliches Durst- und Hungergefühl. Ich erinnerte mich an die Information des Rezeptionisten, dass die Tankstelle 24h geöffnet war. Ich ging zur Vorhangstange und zog meine Hose dort herunter. Ich zog sie an, fiel dabei fast um, da ich über meine eigenen Hosenbeine stolperte. Dann ging ich ins Badezimmer und versuchte meine Haare zu richten. Mein Gesicht sah fertig aus. Ich klatschte mir etwas kaltes Wasser ins Gesicht und griff blind nach dem Handtuchhalter. Kein Handtuch da. Natürlich. Ich ging mit tropfendem Gesicht zurück ins Zimmer und nahm das Handtuch von der Vorhangstange. Ich steckte mein Portemonnaie und den Zimmerschlüssel ein und zog die Türe hinter mir zu.

Draußen angekommen ging ich quer über die Straße, dem Supermarktparkplatz entgegen. Schon konnte ich das Logo der Tankstelle erkennen. Es war menschenleer auf dem Parkplatz und kein Auto stand an den Zapfsäulen. Ich konnte von weitem nicht erkennen, dass in der Tankstelle die Deckenbeleuchtung brannte. Ich war mir nicht sicher, ob sie wirklich auf hatte. Beim Näherkommen jedoch sah ich, dass eine rote Neonreklame im Fenster brannte mit dem Schriftzug:

'Yes we' re open - 24/7'

Als ich an die automatische Schiebetüre trat, öffnete sich diese. Ich trat ein. Die Kühlschränke an der Wand brummten monoton. Der Innenraum der Tankstelle war zugestellt mit allerlei Zeitschriften-, Snack- und anderen Verkaufsständen. Ich ging um sie herum zu den Kühlschränken an der Wand. Ich schaute hinein. Ich öffnete die Türe und nahm mir eine Dose Cola. Ich zweifelte, was ich essen sollte. Hier gab es nur Junkfood. Nach einigem Hin und Her beschloss ich einfach irgendetwas zu nehmen. Der Hunger würde es schon reintreiben. Ich entschied mich für ein Tomaten- Mozzarella- Sandwich und ein Eis.

Mit meiner kalten Auswahl in den Händen ging ich zur Kasse. An der Kasse saß ein Junge mit blonden Haaren. Er hatte sein Gesicht in ein Spiderman-Comic versenkt, welches er erschrocken weglegte, als er von dem Aufschlag meiner Coladose auf seinem Tresen aufgeschreckt wurde.

„Hello", sagte ich. Ich stellte die Coladose, die mir aus der Hand gefallen war, wieder vernünftig hin und stellte das Sandwich und das Eis daneben.

„That's all!", erklärte ich.

Der Junge hatte eine zierliche Figur und sah mich durch seine blauen Augen überrascht an.

„Hello", sagte er schließlich. Er betrachtete mich und wirkte sehr unsicher dabei.

„Hm, what brings you up here to Lappland?", fragte er.

Er trug ein weißes Poloshirt, bei dem die oberen Knöpfe offen waren. Sein Haarschnitt war kurz, über die Stirn hing eine Locke. Seine Handgelenke und Hände waren sehr filigran und er wirkte insgesamt eher zerbrechlich. Ich fühlte mich von ihm sehr gemustert.

„Looking for a friend", antwortete ich auf seine Frage.

Wann würde er wohl den Scanner in die Hand nehmen und mir die Ware verkaufen, fragte ich mich.

Endlich nahm der die Coladose umständlich in die Hand, drehte sie und scannte sie.

„Kommst du aus Deutschland?", fragte er mich.

Mist, mein Englisch musste einen deutlichen deutschen Akzent haben, dachte ich mir, da mich alle möglichen Leute gleich nach Deutschland fragten.

„Ja, ich komme aus Deutschland", antwortete ich. Ich wollte mir die Frage ersparen: 'Wo hast du so gut Deutsch gelernt?' Er beantwortete sie schon ungefragt:

„Ich habe Deutsch an der Schule und bei meinen deutschen Verwandten gelernt."

Er scannte das Sandwich und das Eis und schaute mir dabei unentwegt in die Augen. Ein komischer Kauz dachte ich mir.

„Schön, dass du nach Lappland gekommen bist. Ich hoffe, es gefällt dir hier."

„Ja, es ist sehr schön hier oben, nur etwas hell", antwortete ich.

Er lachte und hielt dabei die Augen geschlossen.

„Was macht das alles zusammen?", fragte ich. Mich beschlich langsam das Gefühl, er könnte meinen, dass ich schwul sei.

„Ähm, 6,30 Euro", sagte er.

Ich gab ihm einen 10 Euro Schein und den Centbetrag in Münzgeld. Er gab mir zwei 2 Eurostücke raus und sagte dabei:

„Wusstest Du, dass wir hier in Finnland keine 1 und 2 Cent Münzen haben? Es ist alles auf 5 Cent Beträge gerundet."

„Nein, ist mir neu", sagte ich.

Er packte mir meinen Einkauf in eine kleine braune Papiertüte, auf der das Logo der Tankstelle in Neonfarben eingeprägt war.

Ich bedankte mich.

„Du bist also auf der Suche nach einer alten Freundschaft?", fragte er. Er kam hinter dem Verkaufstresen hervor und stand nun ganz vor mir. Er trug eine used-look ausgeblichene Jeans und Sneaker in knalligen, bunten Farben. Er war nicht gerade groß gewachsen.

„Ja, so könnte man es sagen", antwortete ich. Seine blauen Augen blitzen. Er strahlte mich an und sagte:

„Gute Freundschaften sind selten und sehr wertvoll!"

Er stellte sich etwas auf die Zehenspitzen und drückte mir einen Kuss auf die Wange. Ich ging einen Schritt zurück.

Etwas zudringlich, dachte ich mir. Aber ich wollte ihn nicht vor den Kopf stoßen und sagte:

„Ja, stimmt. Also danke nochmal für das Essen und die Cola" und verabschiedete mich.

Er trat einen Schritt vor in die Lichtschranke, so dass sich für mich die automatische Glastüre öffnete. Ich hatte den Eindruck, als wollte er noch etwas sagen. Aber ich hatte die Tankstelle schon verlassen.

Sichtlich verwirrt ging ich ins Hotel zurück. Ich ging in mein Hotelzimmer und stellte meine

Einkäufe auf den Tisch. Ich zog meine Hose aus und setzte mich im Schneidersitz auf das Bett. Ich beschloss zuerst das Eis zu essen, damit es nicht schmolz. Dann öffnete ich die Coladose und lehnte mich mit dem Rücken am Kopfteil des Bettes an. Ich nahm die Fernbedienung vom Nachttisch und schaltete den Fernseher an. Ich drehte mich um, legte mich auf den Bauch, legte 2 Kissen unter mein Kinn und schaute Richtung Glotze. Ich stellte die Dose Cola links auf den Boden.

Luku 12
Fata Morgana einer Kirmes

Ich stieß mit der Hand gegen etwas. Mein Arm hing vom Bett herunter. Irgend etwas lief aus. So ein Mist. Ich hatte die Cola-Dose umgestoßen. Irgendwie musste ich doch eingeschlafen sein. Ich schaute auf die Uhr. 8 Uhr morgens. Ich fühlte mich wie gerädert.

8 Uhr? Ich musste wohl oder übel bald aufstehen, wenn ich den Termin bei der Kirche wahrnehmen wollte. Ich rollte mich über die Seite aus dem Bett und setzte mit den Füßen auf dem Teppich auf. Ich hob die leere Cola-Dose auf und warf sie in den Mülleimer. Irgend etwas stank bestialisch in dem Zimmer. Als Quelle fand ich das Mozzarella Sandwich, welches ich nicht gegessen hatte. Auch dieses landete im Müll.

Ich ging ins Badezimmer und schraubte die Zahnpastatube auf. Gedankenverloren putzte ich mir langsam die Zähne. Ich erinnerte mich wieder an die merkwürdige Begegnung von gestern Nacht in der Tankstelle. Der Junge mit den blauen Augen. Irgend etwas passte nicht. Es ratterte in meinem Kopf. Plötzlich durchzuckte es mich wie ein Blitz. Ich rutschte dabei mit der Zahnbürste ab und rammte sie mir ins Zahnfleisch.

Der Junge kam mir seltsam bekannt vor. Nelli?! War dies möglich? Nelli?

Ich spuckte die Zahnpasta mit Blut aus. 'Autsch!' Ich zog mir die Unterlippe herunter und betrachtete im Spiegel, wie schlimm es war. Ich hatte mir eine ordentliche Stelle mit der Zahnbürste blutig gestoßen. Ich spülte den Mund mit Wasser aus. Dann stieg ich in die Dusche. Das Wasser prasselte auf meinen Kopf. War all dies möglich? Nellis Vater hatte ja erzählt, dass sich Nelli immer wie ein Junge angezogen habe. Ich versuchte mich an den Jungen zu erinnern. Er hatte dieses weiße Poloshirt mit den geöffneten Knöpfen getragen. Es war sehr eng anliegend gewesen. Darunter war nichts, was wie ein Mädchen aussah.

War all dies ein Zufall? Der Junge hatte auch gleich 'erraten', dass ich aus Deutschland kam. Und wie der mich angeguckt hatte!

'Gute Freundschaften sind selten und wichtig!' — Mensch, ich Idiot, warum hatte ich die Zeichen nicht früher erkannt. Seifenschaum rannte in meine Augen und brannte. Ich wischte mir ihn mit den Händen aus den Augen. Hatte sich Nelli verkleidet? Andererseits war das Poloshirt doch wirklich eng anliegend. Hatte sie eine Geschlechtsumwandlung hinter sich? Es war ein Jahr vergangen. Es lag zumindest im Bereich des Möglichen. Meine Theorie kam mir immer plausibler vor.

Ich stieg aus der Dusche und trocknete mich ab. Ich griff in meine Reisetasche und zog ein frisches Shirt heraus. Ich zog meine restlichen Klamotten an und ging hinunter zum Frühstück.

Der Frühstücksraum war gut besucht. Die Wände waren mit einer hellblauen Ölfarbe gestrichen. In der Mitte des Raumes standen nussbraune Sitzgruppen, die hinter den Kopfpolstern eine Milchglasscheibe als Sichtschutz hatten. Die Sitzpolster waren schon abgewetzt und der Raum trug wie der Rest des Hotels Gebrauchtspuren. Ich ging zu einer Sitzgruppe und hängte meine Jacke über einen Stuhl, um den Platz als besetzt zu kennzeichnen. Ich schaute mich um. 60% der Gäste, die hier saßen, schienen Wanderer zu sein. Sie trugen bereits ihre Wanderschuhe und Bekleidung. Ich orientierte mich in dem Raum, dann drehte ich mich um Richtung Buffet.

Zu Frühstücken gab es Weißbrot, welches man sich selbst zurechtschneiden konnte. Ein Geschirrhandtuch lag darüber, der Hygiene wegen. Das kümmerte die Gäste jedoch nicht. Sie nahmen das Baguette so in die Hand, wenn sie ein Stückchen davon wollten. Daneben gab es eine Platte mit Käse- und Wurst- aufschnitt. Käse zum Ausdrücken aus der Tube. Es stand eine offene Packung

Margarine herum, aus welcher man sich wohl bedienen sollte. Ich strich mir mit dem Messer etwas auf meinen Tellerrand. Dann sah ich, dass sich andere ihr Brot direkt am Buffet schmierten. Des weiteren gab es warme Würstchen und Rührei mit Käse. Es gab eine Glasschüssel mit Joghurt und eine Schale Obstsalat. Und hey — es gab Pfannkuchen. Daneben standen Zimt, Apfelmus und Erdbeersauce.

'Woher wussten die, was mein Lieblingsfrühstück war?', fragte ich mich.

Neben den Pfannkuchen stand eine Tischkarte mit der Aufschrift

'Kids Menu', welche ich schnell ignorierte. Ich schaufelte einige dieser Minipfannkuchen auf meinen Teller und gab einen Löffel Apfelmus und Zimt darauf. Ein kleiner Junge schaute sehnsüchtig zu den Pfannkuchen auf. Da seine Arme aber zu kurz waren, konnte er das Buffet nicht erreichen. Ich überlegte kurz, ob ich ihm helfen sollte, da jedoch das Tablett mit den Pfannkuchen de facto leer war, beschloss ich, dass er warten müsse bis frische gebracht wurden.

Ich nahm mir noch Brot und Käse und Joghurt und ein Glas Orangensaft und kehrte zu meinem Platz zurück.

Dort angekommen musste ich feststellen, dass sich Rentner auf meinem Platz niedergelassen hatten. Mit wenig Begeisterung versuchte ich, den Teller in der einen Hand balancierend, meine Jacke von der Stuhllehne zu ziehen. Die Frau war Deutsche und gab ein:

„Och, ist das ihre Jacke?", von sich.

„Ja, ich wollte mich eigentlich hersetzen", antwortete ich. Ich ging weiter mir einen anderen Platz zu suchen.

„Och, das tut mir jetzt aber leid!", sagte die Frau. Ich war schon weiter weg und so sagte ich mehr zu mir selbst mit genervter Stimme:

„Och, aber das macht doch nichts!"

Ich fand einen anderen Platz und ließ mich dort nieder. Ich begann zu frühstücken.

Es kam ein Kellner und fragte gestresst, ob ich Kaffee oder Tee wolle. Ich verneinte. Er zog mit seiner silbernen Kanne hastig weiter. Es war ein Riesen Betrieb im Hotelrestaurant.

'Hmmmmm!' — die Pfannkuchen schmeckten aber gut. Ich spülte sie mit einem Schluck Orangensaft herunter. Neben mir lief der kleine Junge mit glückseligem Blick vorbei. Auch er hatte mittlerweile Pfannkuchen auf seinem Teller. Man hätte mich nicht beim Essen beobachten dürfen, denn ich schlang mehr, als dass ich speiste. Ich hatte Zeit aufzuholen. Die Kirche rief. Ich schaute nach oben und mir blieb fast der letzte Bissen in der Kehle stecken.

Zwei Tische weiter saß — war er es wirklich? Nellis Vater! Meine Sicht wurde immer wieder von herumlaufenden Wanderern unterbrochen. Doch, er musste es sein. Was zum Teufel machte der denn hier? Ausgerechnet in diesem Moment stand eine große Reisegruppe auf und versperrte mir komplett die Sicht. Als sie ihren Plausch endlich beendet hatten und den Saal verließen, war die vermeintliche Person, die ich für Nellis Vater hielt, verschwunden.

Ich stand selbst auf, verließ den Frühstücksraum und ging hinaus auf die Straße. Ich konnte ihn nirgends sehen. Mit etwas Glück hatte er mich selbst nicht gesehen. Ich war beunruhigt. Sein Erscheinen war sicherlich eine Gefahr für Nelli. Ich beschloss bei der Polizeiwache vorbeizugehen, da ich ja sowieso Officer Niemi versprochen hatte vorbeizusehen. Auf dem Weg dorthin kam ich an der Tankstelle vorbei. Ich schaute durch die Fenster. An der Kasse stand ein bierbäuchiger Mann mit langen Haaren und Pferdeschwanz und kratzte sich gerade am Bauch.

'Nein, definitiv nicht Nelli!', dachte ich mir. Ich beschloss, später noch einmal nachzusehen, und ging weiter.

Die Polizeiwache war ein steinernes Gebäude. Ich zog die Türe an ihrem Messinggriff auf und trat ein. Direkt im Eingangsbereich saß eine Dame an einem Empfangstisch. Sie fragte, was ich wolle. Ich trug ihr mein Anliegen vor.

Sie sagte, Officer Niemi sei nicht da und erkundigte sich, ob sie etwas kann ausrichten könne.

„Nein, danke, nicht so wichtig", sagte ich.

„What was that?", fragte sie irritiert.

„Oh, it's alright", gab ich von mir und verließ die Polizeiwache.

Ich ging die Straße entlang immer geradeaus an Straßenrändern vorbei, an denen grünes, saftiges Gras wuchs und dann konnte ich die große Stabkirche schon sehen. Sie stand da in der Sonne aus hellem Holz erbaut, von einem schlichten Garten umgeben, der nur aus kurzgemähtem Rasen bestand.

Der Gottesdienst hatte schon begonnen. Ich trat leise ein und setzte mich vorsichtig in die letzte Reihe. Meine Ankunft blieb in der Gemeinde nicht unbemerkt. Man musterte mich und als ich zurück musterte, nickte und lächelte man mir freundlich zu.

Der Gottesdienst war evangelischer Natur und er war auf Finnisch. Es kam mir vor wie eine Ewigkeit und ich versuchte alles so weit möglich mitzumachen. Als das letzte Wort gesprochen war, ging die Holztüre auf und alle traten ins Freie.

Alsbald wurde ich von einem älteren Herrn angesprochen. Als ich ihm auf Englisch antwortete, tat er sich zunächst schwer, konnte sich jedoch nach kurzer Zeit darauf einstellen.

Ich erzählte ihm aus irgendeinem Grund die ganze Geschichte. Seine Frau stellte sich zu ihm und nach kurzer Zeit standen eine ganze Gruppe an Leuten um mich herum.

Ein anderer fragte seine Frau etwas.

„Korhonen", war ihre Antwort. Danach wurde ich angeschaut.

„Nelli?" war die nächste Frage.

Die Frau nickte.

Man erzählte mir, dass die Großeltern von Nelli nicht mehr am Leben seien. Die Großmutter habe auf ihre alten Tage noch einmal versucht das Autofahren zu erlernen. Sie habe dann auch den Führerschein gemacht und sich ein gebrauchtes Auto gekauft, dann leider einen tödlichen Autounfall gehabt.

Als ich nach dem Großvater fragte, wurde mir auf Deutsch geantwortet.

„Das Haus der Korhonens befand sich in der Streteredsgatan. Es gab dort letztes Jahr ein Unglück, dessen Ursache immer noch nicht geklärt ist."

„Was für ein Unglück?", wollte ich wissen.

„Nun ja, es gab eine Gasexplosion, nach welcher das Holzhaus komplett abgebrannt ist.

Der werte Großvater ist auf tragische Weise in dem Feuer umgekommen."

„Manipulation", sagte ein anderer.

„Manipulation?", wiederholte ich.

„Ja, Manipulation, das sagt zumindest die Polizei. An der Gasleitung! Manipulation!", erklärte er.

„Und wer kommt dafür in Frage? Gibt es einen Verdächtigen?", erkundigte ich mich.

„Keine Ahnung. Die Korhonens kamen nur mit einem nicht aus. Und das war der Herr Erzeuger von Nelli. Aber so sprechen böse Zungen", erklärte er.

Seine Frau lachte:

„Ja, er kam einmal im Jahr mit Nellis Mutter zu Besuch, damals, bevor sie dann immer ohne ihn kam. Er wollte dann immer angeln gehen. Er brachte dann den Fisch nach Hause zu Nellis Großmutter, damit sie ihn für ihn zubereiten solle. Großmutter Korhonen hat ihn dann jedoch ausgetauscht, gegen einen alten, verdorbenen Fisch und hat ihm diesen paniert und gebraten."

Alle lachten. Sie fuhr fort:

„Nellis Mutter, die Arme, sie konnte sich aber nie ganz von ihrem tyrannischen Ehemann lösen und ist immer wieder nach Deutschland zurück."

Ein anderer alter Mann sagte:

„Eine Scheidung wäre besser gewesen für beide. Für die Mutter und Nelli auch."

„Wieso was war mit Nelli?", wollte ich wissen.

Er rieb sich den Bart.

„Nun ja, es gab da immer Gerüchte. Gerüchte, dass er sich seinem kleinen Mädchen gegenüber nicht so verhält, wie es sich für einen Vater gehört. Und dann dieses 2. Kind, das so früh verstarb. Das war schon alles mehr als merkwürdig", sagte er.

„Möchten Sie einen Missbrauch andeuten?", fragte ich.

Der Mann antwortete:

„Sagen wir es so: 'Der Typ sollte nicht die Nerven haben, je wieder einen Fuß auf den Boden von Kemi zu setzen!'"

„Und Nelli haben sie hier nie wieder gesehen? Nicht zufällig vor kurzem oder letztes Jahr?", fragte ich.

„Nie wieder!", sagte er mit Bestimmtheit.

Da sich unser kleines Grüppchen erweitert hatte und mittlerweile von allen Seiten Leute um mich standen, begann ich mich für die Informationen zu bedanken und zu verabschieden. Anerkennend sagte ich zu den älteren Herrschaften:

„Sie sprechen aber sehr gut Deutsch!"

Ein Mann mit Glatze sagte:

„Ja, früher haben wir alle in der Schule Deutsch gelernt. Da war es Standart hier. Da war noch alles in Ordnung vor dem Krieg." Er verbesserte sich:

„Nach dem Krieg."

„Ähm...", antwortete ich und verabschiedete mich. Man schaute mir hinterher. Ich ging auf die Straße und winkte noch einmal von dort. Mein Gruß wurde erwidert.

Ich ging die Strasse hinauf. Von der leichten Steigung kam ich schon ins Schwitzen. Es war wie am Tag zuvor ungewohnt heiß hier im Norden. Zudem hatte ich kaum geschlafen. Ich bog die 4. Querstraße nach rechts ab, wie man mir beschrieben hatte.

'Streteredsgatan' — schon wieder ein schwedischer Name. Hier in der Grenzregion in Lappland war wohl alles vermischt. Keine Ahnung, warum die politisch immer noch solch eine große Sache machten zwischen Finnland und Schweden. Die Kriege und Vorurteile aus vergangenen Zeiten waren noch bis in die Gegenwart zu spüren.

Ich lief die Straße entlang. An der Stelle, wo das Haus von 'Streteredsgatan' mit der Nummer 77 gestanden hatte, war eine Baulücke. An der Wand des Nachbarhauses sah man Ausbesserungsarbeiten. Es wirkte wie abgehackt und über der Wand war eine große Plastikplane angebracht.

An dem Patz der Nummer 77 war von Großmutters Haus lediglich die steinerne Treppe und der Sockel vom Kaminfeuerplatz übrig geblieben. An einer Stelle ragte der jetzt abgeklemmte Anschluss der Gasleitung aus dem Boden.

Was sich hier Schreckliches zugetragen haben musste, fragte ich mich. Ich blieb einen Moment stehen und meine Gedanken kreisten um Nelli. Ich fragte mich, ob ich sie überhaupt hier oben antreffen würde. Dergestalt, dass sie mir in Ruhe alles erzählen konnte.

Ich starrte vor mich hin und konnte unten im Tal am Horizont noch etwas anderes wahrnehmen. Ich traute meine Augen nicht. Dort im Tal, der Eindruck blieb unverändert, auch als ich näher kam, schien eine Kirmes zu liegen. Eine Kirmes mit kleinem Riesenrad, einer Achterbahn, Boxautos, Kettenkarussell und allem, was dazugehörte.

Ich näherte mich weiter diesem Feld oder Festplatz am Rande der Stadt und hörte jetzt auch schon die Musik einer Drehorgel und Kindergeschrei.

In diesem kleinen Ort lag die eine Kirmes da und schaute unwirklich aus, als sei sie eine Fata Morgana. Wie eine in der Wüste vorkommende Luftspiegelung lag sie da.

Auf dem Gelände angekommen schaute ich mich mit großen Augen um. Es waren viele

Kinder und Jugendliche hier, aber auch einige Erwachsene, die sich an ihren Bierflaschen. festhielten. Ich schlenderte von meiner Müdigkeit benommen über das Areal und hätte gerne jemanden gefragt, ob er mich mal zwicken könne, damit ich sehen konnte, ob ich nur träume. Gleich würde ich im Hotel aufwachen!

Ein Junge streifte mich mit seiner Zuckerwatte. Hinter einer Kurve standen plötzlich mehr Leute. Ich konnte mir nicht vorstellen, dass sich ein solches Event in einer Kleinstadt wie Kemi rechnete. Ich sah einen Verschlag, der aus einem LKW herausgeklappt war. Auf ihm stand auf Deutsch:

'Geisterbahn' geschrieben. Man konnte sich sogar in kleine Wägelchen setzen und hineinfahren. Ich erwartete nicht viel, aber bei dem Eintrittspreis von 1,50 € konnte man nicht viel falsch machen. Ich holte mir einen roten Plastikjetton an der Kasse und setzte mich wie ein Kind in eines der Wägelchen. Die Angestellten schienen sich zu freuen, dass endlich mal jemand in ihr Fahrgeschäft einstieg, andererseits waren sie genervt, dass sie ihre Handys weglegen und ihren bequemen Platz, auf dem sie so lange gesessen hatten verlassen mussten.

Mein Sicherheitsbügel wurde geschlossen und es wurde daran fachmännisch gerüttelt, um zu sehen, ob er wirklich zu war. Dann zog mich der Kettenantrieb in die Geisterbahn hinein. Es gingen ein paar Metalltore auf und die mit Glühbirnen versehenen Augen einiger Monster leuchteten auf, zudem hörte man das Zischen von beweglichen Geistern, die ein Stück nach vorne kamen.

'Huuuh' kam aus den Lautsprechern. Kaum hatte der Spuk begonnen, war er auch schon wieder vorbei und das Wägelchen wurde in den Sonnenschein ausgespuckt, wo es mit einem Ruck zum Stehen kam. Viel mehr hatte ich auch nicht erwartet. Jedoch musste ich diese trashy Geisterbahnen auf jedem Jahrmarkt fahren. Sei es aus alten Kindererinnerungen oder aus der Erwartungshaltung heraus, doch noch einmal etwas Neues zu sehen zu bekommen.

Ich stieg aus und schlenderte weiter. Ich ging an den Schiffsschaukeln vorbei und blieb wie versteinert stehen. Dort, wenige 100 Meter vor mir, stand er. Nellis Vater. Kinder mit kandierten Äpfeln und Luftballons kreuzten unseren Weg. Er schaute direkt zu mir herüber. Jetzt musste er mich aber gesehen haben!

„Är du bra? Hoppas allt är bra med dig!"

Das war doch schon wieder Schwedisch und kein Finnisch dachte ich.

Ich drehte mich langsam um.

„Are you ok?", wiederholte nun das blonde Mädchen neben mir, diesmal auf Englisch.

„Oh yes, thanks for asking", sagte ich.

Ich musste ausgesehen haben, als hätte ich ein Gespenst erblickt.

Ich drehte mich wieder um. Die Gestalt, die ich als Nellis Vater identifiziert hatte, war verschwunden. Ich wusste nicht, ob ich dies mit Erleichterung oder Sorge verbuchen sollte. Ich wendete mich dem Mädchen zu. Sie war ca. 21 Jahre alt, hatte strohblondes Haar und Schneidezähne wie ein Hase. Sie war wirklich sehr hübsch.

„Was that Swedish?", wollte ich von ihr wissen und fragte gleich weiter:

„I mean, are you from Sweden?"

„Yes", sagte sie.

„I am" ...

Luku 13
Anna från Östersund

Anna från Östersund", sagte sie. Ich schaute sie an und sie schaute mich an. „In the North of Sweden. Åre/Östersund, a famous area for skiing in winter!", erklärte sie.

Ich nickte. Ich fragte sie, wie sie hier herkomme und sie erklärte mir, das sie im Sommer mal in Finnland, mal in Norwegen arbeite. Sie begleitete mich noch etwas über die Kirmes, bis ich sagte, dass ich jetzt genug Karussells gesehen hätte und da gerne noch wo anders hingehen würde. Sie fragte, ob sie mich begleiten könne und so kam es, dass wir eine ganze Zeit nebeneinander durch die Straßen liefen und uns unterhielten.

Ich erzählte ihr von meiner Abschlussfahrt und dem Verschwinden von Nelli. Ich sagte ihr, dass ich hier sei, um irgend eine Spur von ihr zu finden. Das fand sie merkwürdig.

Wir kamen an einem Holzhaus mit wilder Rosenhecke vorbei und sie bat mich, mit ihrem Handy ein paar Fotos von ihr vor der Rosenhecke zu machen. Ich ging in die Hocke und gab mein Bestes, darauf zu achten, dass nichts im Sucher war, das das Motiv störte. Ich klickte auf die Fotos und schaute sie mir an und sagte zu ihr:

„Really not too bad, what do you think? I like the photos!"

„And I like the photographer!", sagte sie und nahm ihr Handy entgegen.

Da wir beide ein Hungergefühl hatten, schlug sie ein Pub vor, das sich an der Hauptstraße in der Dorfmitte befand, wo man auch ein paar Kleinigkeiten essen konnte. Das Pub war ziemlich voll, trotz des Sonnenscheins draußen. Das heißt, es war ja auch schon wieder später geworden. Ich verstand nicht, dass es draußen keine Tische gab. Vielleicht saßen ja einige in den wenigen Sommermonaten, die es hier gab, trotzdem gerne drinnen im Dunkeln und hörten düstere Musik.

Wir saßen auf mit rotem Plüsch bezogenen Barhockern und tranken Cocktails und aßen ein Clubsandwich mit Salat. Über der Bar hing ein Fernseher, der stumm geschaltet war und wo Untertitel eingeblendet waren. In den Nachrichten kam eine Meldung aus der Gegend. Man sah Polizeiwagen an einem Seeufer. Ich fragte Anna, was da los sei. Sie kniff die Augen zusammen und las den Text mit.

„Female body found at lake..."

Ich unterbrach sie:

„What? How old?"

Sie las den Text leise weiter und sagte mir dann, dass es sich wohl um ein neun jähriges Mädchen handeln und es nach einem Badeunfall aussehen würde.

„Aha, I see", gab ich von mir.

Zu späterer Stunde wurde in der Bar getanzt und da auch wir schon leicht angetrunken waren, tanzten wir einige Runden mit. Es war schon wieder weit nach Mitternacht, als sie mir erzählte, dass sie derzeit in der Nachbarstadt Tornio wohne und dorthin so spät kein Bus mehr fahren würde. So kam sie ohne weiter nachzufragen mit mir mit ins Hotel.

Dort angekommen war sie furchtbar albern und kicherte sehr viel herum. Ich gab ihr etwas Wasser zu trinken. Wir legten uns nur kurz aufs Bett, wo wir, von dem Alkohol und der Müdigkeit übermannt auch direkt einschliefen.

Das Licht drang diffus durch die Vorhänge hinein. Vor mir war ein Schatten. Als ich die Augen einen Spalt öffnete, erkannte ich ihn. Es war Nellis Vater. Als er bemerkte, dass ich wach war, griff er mit seiner Hand an meine Kehle. Ich schrie laut auf, so dass ich davon wach wurde. Anna war durch meinen Schrei auch wach geworden, sprang ebenfalls schreiend auf und flüchtete zu Tode erschrocken ins Badezimmer.

Ich stand auf, folgte ihr ins Badezimmer und erklärte ihr, dass ich wohl einen Alptraum gehabt hätte. Ich fragte sie, ob sie zurück ins Bett kommen wolle. Sie sagte:

„Yes, but just give me a moment, please."

Sie machte eine kreisende Handbewegung, welche mir wohl zeigen sollte, dass ich das Badezimmer verlassen und die Türe schließen sollte. Ich tat, wie von mir erwartet.

Nach einiger Zeit kam sie zurück und legte sich mit dem Kopf auf meinen Arm. Sie fragte mich sehr viel über Nelli und diesen Vater und schien mehr an Details interessiert als zuvor in der Bar. Meine Erzählungen schienen sie schläfrig zu machen.

Ich erzählte ihr auch noch von der merkwürdigen Begegnung mit dem Jungen in der Tankstelle. Sie erklärte mir, dass sie solch einen Jungen hier in Kemi noch nie gesehen habe, sie jedoch auch nie in die Tankstelle gehe, weil sie selbst kein Auto fahre.

Sie drehte sich zur Seite und schlief auf meinem Arm ein. Ich wollte noch kurz warten und dann meinen Arm unter ihrem Kopf vorsichtig wegziehen, um sie nicht zu wecken. Jedoch schlief ich dann selbst ein.

Am nächsten Morgen wurden wir von der Sonne geweckt. Ich versuchte meine Finger zu bewegen, doch sie waren taub.

„Wait", murmelte ich und zog meinen Arm zu mir. Langsam begannen meine Finger zu kribbeln. Anna schaute mich an, lachte, küsste mich auf die Stirn und verschwand ins Badezimmer. Ich wusste nicht, was so lustig gewesen sein sollte. Ich stand auf und betrachtete mich in dem ovalen Spiegel über dem Schreibtisch. Ich sah so aus wie immer. Da ich Anna aus dem Badezimmer singen hörte, erklärte ich mir ihr morgendliches Lachen damit, dass sie wohl eine lebensfrohe Person war. Als sie schließlich zusammen mit einer Wolke aus Wasserdampf das Badezimmer verließ, fragte ich sie, ob sie noch mit mir frühstücken wolle.

„Oh yes", sagte sie und setzte sich mit ihren im ein Handtuch eingewickelten Haaren auf das Bett und schaltete mit der Fernbedienung den Fernseher ein. 'Gut', dachte ich mir und ging kurz selbst ins Badezimmer.

Am Eingang zum Frühstücksraum stand ein Kellner, der nach meiner Zimmernummer fragte. Ich nannte sie ihm und fragte, ob Anna mit mir frühstücken könne. Er wollte nur meine Zimmernummer wissen und geleitete uns zu einem Tisch. Anna ging zum Frühstücksbuffet. Ich ging zu den Saftkaraffen an der Wand und schenkte uns beiden 2 Gläser Orangensaft ein. Als sie zurückkam, ging ich mir selbst etwas vom Buffet holen. Kaum hatte ich mich wieder gemütlich zu ihr gesetzt, nahm ich den Kellner wahr, der vor uns stand.

„She is not from here!", rief der Kellner, als hätte er uns erwischt.

Ich sagte, dass er dies wissen sollte, da ich beim Reingehen ja gefragt hätte, ob sie hier mitessen könne. Soweit ich wisse, stünde auf der Homepage des Hotels der Preis pro Zimmer, Belegung mit 1-2 Personen und nicht der Preis pro Gast. Der Kellner wiederholte sein:

„She is not from here" und ich fragte schließlich, ob er sie auf meine Zimmerrechnung setzen könne, damit ich endlich meine Ruhe hatte. Er kam mit einem Papier zurück und erklärte, dass dies nicht ginge und ich direkt bezahlen müsse. Genervt zog ich mein Portemonnaie und legte ihm mürrisch seine 18€ hin, die er für das Frühstück vom Anna haben wollte.

Anna war dies sichtlich unangenehm. Sie erklärte mir dann, dass sie schlechten Service in Finnland gewohnt sei und fragte, ob sie mir das Geld zurückzahlen solle. Ich winkte ab.

„When do you have to leave?", fragte sie. Ich erklärte ihr, dass ich geplant hatte, abends erst mit dem Bus rüber ins schwedische Luleå zu fahren und von dort den Nachtzug nach Stockholm zu nehmen, um dann von dort aus wiederum abends zurück nach Deutschland zu fliegen.

„Why so complicated?", wollte sie wissen.

Ich erklärte ihr, dass ich auf meiner Reise in den Norden ganz nebenbei noch etwas sehen wolle, wenn ich schon mal hier war. Sie schien das zu verstehen, zumindest gab sie ein:

„I see" von sich.

Nach dem Frühstück gingen wir auf meinen Wunsch gemeinsam rüber zur Tankstelle. Dort trafen wir den Pächter der Tankstelle persönlich an. Ich bat Anna für mich zu übersetzen.

Auf die Frage nach dem Jungen, wer er war und wo er herkam, erhielten wir die Antwort, dass sein Name Matt sei, er seit circa einem dreiviertel Jahr in der Tankstelle gejobbt und er heute morgen gekündigt habe. Deshalb stehe er, der Pächter selbst hinter der Kasse, weil er so auf die Schnelle keinen Nachfolger gefunden habe.

Der Pächter hatte keine Ahnung, wo er hin sein könne und wollte aber auch nicht die Handynummer von Matt an Unbekannte rausrücken.

Ich bat ihn, wenigstens meinerseits eine Nachricht auf einem Papierzettel hinterlassen zu dürfen, falls der Junge sich nochmal melden sollte. Ich schrieb:

'Nelli?! Bitte ruf an!' und nochmals meine Telefonnummer, falls sie sie vergessen haben sollte. Der Pächter der Tankstelle nahm den Zettel entgegen und warf ihn achtlos in eine Ecke am Fenster, wo einige Stifte und Notizblöcke lagen. Er sagte nicht mehr viel und bediente seine Kunden.

Kurz bevor wir gingen, ließ er jedoch noch heraus, dass es immer wieder Probleme mit Matt gegeben habe und er froh sei, dass diese launische Person fort sei.

Mir blieb nicht mehr allzu viel Zeit und ich musste mir eingestehen, dass meine Suche nach Nelli erfolglos ausgegangen war. Entweder war sie tot, sonst wo verschollen oder für den Fall, dass sie dieser Junge war, hatte sie/er wieder das Weite gesucht. Nelli schien so oder so mit mir und ihrem alten Leben nichts mehr zu tun haben zu wollen, sonst hätte sie mir in irgendeiner Form eine Nachricht zukommen lassen. Ich hoffte sehr für sie, dass sie noch lebte und wünschte ihr innerlich viel Glück in ihrem neuen Leben.

Anna brachte mich zum Busbahnhof. Sie fragte mich nach meiner Nummer. Bevor der Bus abfuhr, stand sie lange vor mir. Dann sagte sie:

„Well, I guess you have to leave now."

Sie ging einen Schritt auf mich zu und packte meinen Hinterkopf und küsste mich. Ich stieg in den Bus ein und schaute ihr hinterher, als der Bus abfuhr.

In Luleå bestieg ich den Nachtzug. Das gleichmäßige Rattern der Räder wurde nur 2 mal durch den Piepton meines Handys unterbrochen. Einmal war es eine whatsapp von Anna. Sie hatte mir das Bild von sich und dem Rosenstrauch geschickt und fragte, ob sie mich mal in Deutschland besuchen könne.

Die 2. Nachricht war eine sms von meiner Mutter, in der sie mir schrieb, dass sich Nellis Vater wohl in seinem Keller selbst erhängt habe. Am nächsten Morgen besichtigte ich Stockholm. Von dort aus ging es abends mit dem Flugzeug zurück nach Hamburg.

Ich tröstete mich damit, dass ich zwar Nelli nicht gefunden, jedoch Anna aus Östersund dafür kennengelernt hatte.

Einige Tage später erhielt ich einen Anruf von meinem Vater, dass ein kleines Päckchen für mich gekommen sei, welches fast nichts wiege und nur raschele. Da ich neugierig war und sowieso mal wieder dran war die Eltern zu besuchen, fuhr ich zu ihnen. Nach meiner Ankunft, fragte ich als erstes nach dem Päckchen. Ich öffnete die mit Mengen an Tesafilm verklebten Seiten mit der Küchenschere und klappte es auf. Darin war ein Umschlag aus Luftpolsterfolie. Des weiteren befand sich in dem Päckchen nichts. Der Absender war auf dem Formular des Paketdienstes nicht ausgefüllt. Ich faltete die Knackfolie auf

und entnahm ein in 3 Teile gebrochenes Pfef-
ferkuchen-Männchen.

'Danke' stand mit Zuckerschrift auf seinen
Bauch geschrieben.

Zeitfracht Medien GmbH
Ferdinand-Jühlke-Straße 7
99095 Erfurt, Deutschland
produktsicherheit@kolibri360.de